Regine Bott
Holger Jörg
Gerd Rödiger
Joachim Speidel

DER CITY-CLEANER
und andere Dystopien

Zweite, überarbeitete Auflage 2017
Copyright: © 2015
Regine Bott / Holger Jörg / Gerd Rödiger / Joachim Speidel
Film- und Medienzentrum, Königsallee 43, c/o Landeplatz
71638 Ludwigsburg

Herstellung und Druck: BoD Books on Demand, Norderstedt
Covergestaltung: Branwen Arts
Vektorgrafiken: www.flaticon.com
Korrektorat, Lektorat, Satz & Layout: Lektor-hoch-drei
www.lektor-hoch-drei.de

Alle Rechte vorbehalten.

Mit Qindie-Prüfsiegel.
Qindie steht für qualitativ hochwertige Indie-Publikationen. Achten Sie also künftig auf das Qindie-Siegel! Für weitere Informationen, News und Veranstaltungen besuchen Sie unsere Website:
http://www.qindie.de/

Das Werk einschließlich aller seiner Teile ist urheberrechtlich geschützt. Jede Verwertung – auch auszugsweise – ist nur mit Zustimmung der Verfasser erlaubt.

ISBN: 978-3-743-11192-9

Die Deutsche Nationalbibliothek verzeichnet diese Publikation in der Deutschen Nationalbibliografie; detaillierte bibliografische Daten sind im Internet unter http://dnb.dnb.de/ abrufbar.

Regine Bott
Holger Jörg
Gerd Rödiger
Joachim Speidel

DER CITY-CLEANER

und andere Dystopien

INHALT

Vorwort
S. 7

Joachim Speidel
Der City-Cleaner
S. 9

Gerd Rödiger
Block G
S. 60

Regine Bott
Der Nostalgologen-Kongress
S. 105

Holger Jörg
Horribili-Absorbiflux
S. 148

*

Die Autoren
S. 183

VORWORT

Willkommen im 21. Jahrhundert! Schöne neue Welt, in der wir leben – universell vernetzt, voll automatisiert und von so lästigen Aktivitäten wie selbstständigem, verantwortungsvollem Denken weitgehend freigestellt.

Irgendwie gruselig. Möglicherweise beunruhigend. Aber nur, wenn man zu viel darüber nachdenkt. Oder auf solche Miesmacher des 20. Jahrhunderts hört wie auf George Orwell, der einmal gesagt hat:

> »Wenn Sie ein Bild von der Zukunft haben wollen, so stellen Sie sich einen Stiefel vor, der in ein Gesicht tritt. Unaufhörlich.«

Aber wie wird dieser Stiefel aussehen? Wie der von Neil Armstrong, der sich zu den Sternen emporgeschwungen hat, oder doch eher wie der des irren Alex aus »Clockwork Orange«? Wird vielleicht schon bald der künstliche Mensch ein unverzichtbarer Bestandteil unserer Gesellschaft werden – einer Gesellschaft der Reichen und Mächtigen? Aber was passiert dann mit den Schwachen und Unterprivilegierten? Entsorgungsmaterial und Futter für die Morlocks von morgen, Versuchsobjekte für Meinungsmanipulationen und implantierte Erinnerungen?

Schöne neue Welt, in der wir leben. Aber vielleicht auch nicht. Vielleicht ... ja ... vielleicht ...

> »Vielleicht ist diese Welt
> die Hölle eines anderen Planeten.«
>
> Aldous Huxley

Die Verfasser

Joachim Speidel

Der City-Cleaner

1

Es war kurz nach fünf Uhr morgens, als ich mit Laura vor meiner Wohnung im vierten Stock stand. Wir waren beide nicht mehr ganz nüchtern, und ich hatte das Problem, dass ich den Wohnungsschlüssel nicht fand.

»Ich könnte dir stundenlang zugucken«, sagte Laura nach einer Weile und lehnte sich an die mit Graffiti verschmierte Wand neben der Wohnungstür. Sie hatte einen schicken Jeans-Overall an und ein enges Lederjäckchen. Sie strich eine dunkle Haarsträhne aus ihrem schmalen Gesicht und grinste frech. Ich drehte in der Zwischenzeit meine Taschen zum zweiten Mal um.

»Gib mir noch eine Minute«, bat ich. Ich hatte Schwierigkeiten mit dem Gleichgewicht, und durch die ewige Sucherei war mir schwindlig geworden.

Sie zündete sich eine Zigarette an und sagte: »Habe ich mich eigentlich bei dir bedankt?«

»Bedankt? Für was?«

»Dass du mich zu dieser scheißlangweiligen Vernissage begleitet hast.«

»War mir eine Ehre.«

»Im Ernst, ohne dich wäre ich nie hingegangen.«

»Es hat dich doch niemand gezwungen.«

»Doch, mein Beruf. Erinnerst du dich, ich bin Journalistin.«

»Ach, stimmt ja. Die Spezialistin für Kaninchenzüchtervereine und Vernissagen.«

»Genau!« Sie legte ihren Kopf schief und blies den Rauch zur Seite.

»Hier ist Rauchen verboten«, sagte ich.

»Hier in diesem versifften Treppenhaus?« Ihr Lachen hallte von den Wänden wider. Ich stellte mir schon meine Nachbarn vor, wie sie am Türspion hingen und Laura mit offenem Mund und mit dem Kinn voller Sabber beäugten.

»Brandgefahr!«, sagte ich.

»Es würde dem Treppenhaus gut tun, wenn es hier mal brennen würde.« Sie warf die Zigarette zu Boden und trat sie aus.

Endlich spürte ich Metall an meinen Fingern. Ich zog den Schlüsselbund aus meiner Hosentasche und hielt ihn ihr vor die Nase. »Schau mal!«

»Du bist einfach einsame Spitze, Ben! Habe ich dir eigentlich von dem gut aussehenden Mann erzählt, den ich auf dieser scheißlangweiligen Vernissage und der darauffolgenden Party getroffen habe?«

»Nein, hast du nicht.«

»Ist das nicht ein Witz? Der einzige Mann, der mir gefallen hat, der einzige, der was hergemacht hat, warst du! Mein Ex!«

»Du hast schon immer einen guten Geschmack gehabt.«

»Ben, ich meine es ernst. Du siehst gut aus. Richtig gut! Du siehst aus, alle hättest du dich gefangen, als hättest du alles wieder im Griff.«

»Ich habe erst alles im Griff, wenn du wieder bei mir bist.«

»Ach, Ben, du Dummschwätzer!«

Sie nahm meine Hand in ihre Hände. Dann drehte sie meine Handfläche nach oben, führte sie zu ihrem Mund und leckte ganz langsam von meiner Herzlinie rüber zur Schicksalslinie, ohne mich dabei aus den Augen zu lassen.

2

aura schloss auf. Ich selber hätte in dem Zustand, in dem ich war, etwa einen Monat dazu gebraucht.
Als sie die leeren Flaschen, die in Zweierreihen auf dem Fußboden im Flur standen, und die prall gefüllten und zum Teil zerrissenen Müllbeutel sah, fiel ihr der Unterkiefer herunter.
»WAS ZUM TEUFEL IST DENN DAS?«

3

ch rieb mir den Nacken. »Tut mir leid wegen der Unordnung. Hatte viel um die Ohren in letzter Zeit.«
Sie fing an, mein Gesicht zu sondieren, so als hätte ich mich gerade in etwas verwandelt, in das man ungern in einem Grünstreifen trat.
»Viel um die Ohren? Hast du sie nicht mehr alle? Wenn man viel um die Ohren hat, muss man noch lange nicht leben wie auf einer Müllhalde – oder wie in einem Altglas-Container.«
»Du musst jetzt nicht alles dramatisieren.«
»Nicht alles dramatisieren? Spinnst du? Was ist mit dir los? Du siehst gut aus, hast dich für den Abend fein rausgeputzt, machst einen richtig guten, coolen, aufgeräumten Eindruck – aber wenn ich mir das ansehe, das

ist alles andere als cool und aufgeräumt. Ich habe mich geirrt, als ich gedacht habe, du hättest dich wieder gefangen. Du hast alles – nur nicht dein Leben im Griff.«

Sie zog ihr Lederjäckchen aus und suchte nach einem Kleiderhaken. Es gab keinen. Der letzte war mir vergangene Woche aus der Wand gebrochen. Sie warf die Jacke in eine Ecke, die noch nicht ganz verdreckt aussah, und krempelte die Ärmel hoch. Dann ging sie die Schränke im Flur durch.

»Was hast du vor?«, rief ich ihr hinterher.

Sie drehte sich zackig um. »Ich räume hier jetzt auf.«

»Das ist nicht dein Ernst!«

»Doch, und du hilfst mir dabei! Wo hast du einen verdammten Besen? Und einen Putzlappen, einen Eimer und Müllsäcke, die noch nicht im Arsch sind?«

4

er Müll stapelte sich im Flur. Sauber verpackt in schwarzen Mülltüten. Alles war aufgeräumt und geputzt.

Die Uhr zeigte halb sieben, und ein grauer Morgennebel klebte an den Fenstern.

Wir saßen in der Küche auf dem Boden, ich mit dem Rücken am Backofen, Laura mit dem Rücken am Besenschrank. Jeder von uns hatte ein Bier vor sich stehen. Meine Flasche war schon wieder leer. Dafür fielen mir auch fast die Augen zu.

Laura hatte ein neues, frisch ausgepacktes T-Shirt von mir als Turban um ihren Kopf geschlungen. »Du musst dein Leben ändern, Ben. Sonst gehst du vor die Hunde. Dein Leben ist eine Katastrophe.«

»Was sorgst du dich um mein Leben? Du hast mich verlassen. Vor etwa einer Million Jahren. Die Erdge-

schichte hat da in der Zwischenzeit schon etliche Eiszeiten erlebt.«

»Und trotzdem mach ich mir Sorgen um dich. Diesen Luxus leiste ich mir.«

»Das heißt, ich bedeute dir noch was?«

»Bilde dir bloß keine Schwachheiten ein. Klar, bedeutest du mir noch was. Wir waren immerhin neun Jahre zusammen und ...«

»Neuneinhalb Jahre.«

»Meinetwegen, neuneinhalb Jahre ... aber was mach ich eigentlich? Bin ich gerade dabei, mich zu rechtfertigen dafür, dass ich mir Sorgen um dich mache?«

»Sieht so aus.«

»Gut, dann mache ich mir halt Sorgen um dich. Aber jetzt hör mal her, Ben: Du musst raus aus dem Sumpf. Du brauchst Struktur in deinem Leben. Du brauchst endlich einen ordentlichen Job. Geregelte Arbeitszeiten. Weißt du überhaupt noch, was das ist?«

»Was?«

»Geregelte Arbeitszeiten.«

»Schon verstanden.«

»Schon verstanden? Was willst du denn verstanden haben?«

»Na, das, was du gesagt hast.«

»Und was habe ich gesagt?«

Ich versuchte, mich zu konzentrieren. Ich war kaputt und hundemüde. »Geregelte irgendwas.«

»*Irgendwas* ist alles, was dir dazu einfällt?«

Der Kopf fiel mir auf die Brust.

»SAG MAL, BEN! HÖRST DU MIR ÜBERHAUPT NOCH ZU?«

Tat ich nicht. Ich kippte im Sitzen um und schlief auf dem Boden ein.

Eine Woche später stellte ich mich bei den »City-Cleanern« vor.

DER CITY-CLEANER

5

ch bin ein Kartenmensch, ich hab mich mit Navis nie anfreunden können. Bevor ich losfahre, studiere ich die Fahrtroute. Was Orientierung angeht, hat mir noch nie jemand so schnell was vormachen können.

Aber beim ersten Kreisverkehr bog ich zu früh ab. Bei der nächsten Kreuzung landete ich in einer Einbahnstraße, und dann geriet ich an einen Kerl mit Glotzaugen, der an einer Bushaltestelle stand. Als ich ihn nach dem Weg fragte, fing er an nachzudenken. Das Nachdenken dauerte etwa ein halbes Jahr. Nach diesem halben Jahr grummelte er, dass er noch nie was von der »Alten Munitionsfabrik«, dem Sitz der »City-Cleaner«, gehört habe.

Als ich schon aufgeben wollte, kam ich auf eine Straße mit zerbrochenen, aber noch einigermaßen befahrbaren Betonplatten. Am Ende der Straße lag die »Alte Munitionsfabrik«: ein riesiges Areal, rote Ziegelsteinbauweise, ein weitläufiger Innenhof mit vielen dunklen Nischen. Die alte Fabrik stand offensichtlich unter Denkmalschutz und wurde gerade aufwendig restauriert. Ganze Fassaden waren eingerüstet, und Bauschuttmulden standen überall auf dem Hof herum.

Als ich an diesem Nachmittag, es war kurz nach vier, aus dem Wagen stieg, war kein Baulärm zu hören. Ich sah auch niemanden auf den Gerüsten. Das Fabrikgelände wirkte tot und leer.

An einem Gebäudeteil, dessen unterer Stock von außen einigermaßen grundgereinigt und saniert aussah, stand »City-Cleaner« und über einer mächtig alten Eisentür: »Anmeldung«.

Ich spuckte meinen Kaugummi auf den Boden und drückte die Tür auf.

m 22 Uhr ist Arbeitsbeginn, um 6 Uhr ist Arbeitsende. Nachtzuschläge zahlen wir nicht. Wenn du die einklagen willst, darfst du es gerne tun, aber dann kannst du dir gleich einen anderen Job suchen. Einmal im Monat hast du Dienst am Wochenende, Samstag und Sonntag. Dafür hast du Montag und Dienstag frei. Wie hört sich das an?«

»Nach geregelten Arbeitszeiten.«

»Geregelte Arbeitszeiten! Das will ich auch meinen. Und was meinst du zur Bezahlung?«

»Die Bezahlung ist okay.«

»Du bist der Erste, der das sagt.«

»Gut, die Bezahlung ist scheiße. Sind Sie jetzt zufrieden?«

»Wenn sie dir nicht passt, kannst du gehen.«

Ich sah mich in dem Büro um.

Es war eigentlich eher eine Empfangshalle. Eine Empfangshalle, die saniert wurde. Die Fenster in den Hof waren neu. Ansonsten standen überall Leitern, Paletten mit Dämmplatten und Zementsäcke aufgestapelt an den Wänden.

Es gab einen Tresen aus Edelstahl, und dahinter saß ein Riese von einem Mann auf einem Bürostuhl, der unter seinem Hintern aussah wie eine Nussschale. Der Riese war fett, richtig fett. Mit seinem Karo-Hemd hätte man ein Fußball-Feld abdecken können. Laut dem Schild auf dem Tresen hieß er Lukas Schneider und war zuständig für Büro, Buchhaltung und Personal. Er blickte mich mit erstaunlich kleinen Augen an. Seine Haut war rosig und glänzte wie frisch eingefettet. In seinem Rücken befanden sich Regale mit Ordnern und Registraturschränken. Die EDV-Ausstattung schien auf aktuellem Stand zu sein. Vor dem Tresen gab es einen Vor-

raum mit einem langen Glastisch und jede Menge Edelstahl-Schwinger.

Zum Sitzen hatte ich keine Lust. Zum hier Arbeiten auch nicht.

Schneider reichte mir einen Wisch über den Tresen. »Hier ist der Arbeitsvertrag. Lies ihn dir durch. Überleg es dir gut, ob du bei uns anfangen willst, und wenn du meinst, du packst es, dann unterschreibst du unten rechts.«

»Das ist schon alles?«

»Das ist alles!«

»Und das Vorstellungsgespräch?«

»Was für ein Vorstellungsgespräch?«

»Ich habe gedacht, es gibt ein richtiges Vorstellungsgespräch. Will niemand was von mir wissen? Will mich niemand nach irgendetwas fragen?«

»Wie lautet deine Lieblingsfarbe?«

»Lieblingsfarbe?«

»Mensch! Bist du taub? Wie lautet deine Lieblingsfarbe?«

»Grün!«

»Also die Frage ist gestellt worden, du hast eine Antwort gegeben. Das reicht.«

»Das soll wohl ein Witz sein!«

Er wedelte mit meiner Bewerbungsmappe in der Luft. »He, und was ist das? Ist das vielleicht ein Witz? Hast du uns einen großen, langen Scheißwitz auf Papier gedruckt, ihn eingetütet und an uns geschickt? Hast du erwartet, dass wir darüber herzhaft lachen?«

»Nein.«

»Was heißt hier – nein? Wenn du nicht willst, brauchst du nicht bei uns arbeiten. Niemand zwingt dich dazu. Verstehst du? Wenn du gehen willst, dann geh.«

Ich betrachtete den Vertrag in meinen Händen und spürte, wie die kleinen Augen mich genau beobachteten.

In dem Moment ging die Tür zum Büro auf.

7

er Kerl, der das Büro betrat, hatte eine Designer-Bomberjacke an, verwaschene Jeans und schwarz glänzende Cowboystiefel. Er war fast zwei Meter groß und übersah mich geflissentlich. Er hatte ein Klemmbrett in der Hand und studierte irgendwelche Listen und Eintragungen, während er langsam an die Theke trat.

»Hi, Lukas!«

»Chef!«

Schneider drückte sich in seinem Bürostuhl mit beiden Armen hoch, damit er etwas geschäftiger wirkte.

Seine kleinen Augen hatte er so weit geöffnet, wie es nur ging. »Phil und Justin haben die Flatter gemacht«, sagte er schnell.

Der Chef zuckte die Achseln. »Phil und Justin, okay. Ist nicht schade um diese Loser. Echt nicht schade. Und? Gibt es sonst noch was Neues zu berichten? Vielleicht ausnahmsweise was Erfreuliches?«

»Das Erfreuliche steht neben dir.«

Der Chef wandte mir langsam sein Gesicht zu und blickte auf mich herab. Im ersten Moment hätte man ihn für einen Albino halten können: weißes Gesicht mit weißen, nach hinten gekämmten Haaren. Aber seine Augen waren dunkel. Erst jetzt sah ich, dass er einen Zahnstocher zwischen den Lippen stecken hatte.

»Ein bisschen klein geraten, oder?«

»In der Stellenanzeige stand nichts von Hypersomie.«

»Hypersomie?« Seine Augenbrauen zogen sich fast unmerklich zusammen. Ich schätzte ihn auf Mitte fünfzig. Er hatte ein paar tiefe Falten in der Fresse. Aber vielleicht war er auch Mitte dreißig und hatte schon eini-

ge unangenehme Dinge erlebt. Er sah zäh aus. Hatte kein Gramm Fett auf den Rippen.

»Riesenwuchs«, sagte ich.

»Hypersomie!« Der Chef grinste zu Schneider hinüber. »Leck mich am Arsch! Lukas, wir haben hier einen richtigen Klugscheißer.«

»Sieht so aus«, sagte Schneider.

»Lukas«, sagte der Chef, ohne mich aus den Augen zu lassen, »hast du das mit der Hypersomie in der Stellenanzeige etwa vergessen zu erwähnen?«

»Scheiße! Scheint, dass mir da ein Fehler unterlaufen ist. Nehme ich voll auf meine Kappe.«

Der Chef legte sein Klemmbrett auf die Theke und begann, mit dem Zahnstocher in seinen Backenzähnen herumzustochern. »Tja, was machen wir jetzt mit dir?«

Schneider sagte rasch: »Ich hab ihm den Vertrag schon gegeben. Er muss nur noch unterschreiben.«

»Und?«, sagte der Chef zu mir. »Wirst du unterschreiben?«

»Kommt ganz drauf an.«

»Auf was kommt es an?«

»Bin mir noch nicht so sicher, ob es mir hier gefällt.«

Schneider mischte sich wieder ein: »Wir haben hier sechs Wochen Probezeit.«

Der Chef sagte: »Na, ist das ein Wort?«

»Sie würden mich also auch nehmen, wenn mein Kopf beim Sitzen nicht an der Decke streift?«

»Tja, was soll ich sagen? Ja! Das Risiko geh ich ein.« Er musterte mich von oben bis unten. »Du siehst aus, als hättest du ordentlich was auf dem Kasten!«

»Es geht so«, sagte ich und zuckte mit den Achseln.

»Ach was?« Er kaute gelangweilt auf seinem Zahnstocher herum. »Sag mal, wie viel Kilo schaffst du?«

»Was soll die Frage?«

»Na, komm schon! Du hast doch schon Gewichte gestemmt. Warst doch schon mal in einer Mucki-Bude. Also, wie viel hast du hochgebracht in deinen besten Zeiten?«

»Keine Ahnung. Ich hab nie auf die Gewichte geachtet.«

Der Chef nahm den Zahnstocher aus dem Mund, zerbrach ihn in der Mitte und warf ihn in einen schicken Drahtkorb, der als Abfalleimer diente und neben der Theke stand. Er verschränkte die Arme vor der Brust.

Er zeigte mit dem Kinn auf eine Reihe mit Zementsäcken hinten an der Wand.

»Siehst du die?«

»Klar. Was soll ich machen? Das Büro hier verputzen?«

Er fing an zu grinsen. Dann linste er rüber zu Schneider, der uns von seinem Platz hinter der Theke neugierig beobachtete.

»Hast du das gehört, Lukas? Wir haben es hier nicht nur mit einem Klugscheißer zu tun, sondern auch noch mit einem Witzbold!«

»Tja, und wenn er jetzt noch tanzen und singen kann, gehen wir mit ihm auf Tournee!« Der fette Mann fing an zu kichern, was seinen fetten Leib zum Wabern brachte. »Aber he, die Idee mit dem Verputzen ist nicht schlecht. Schau dir doch mal die Wände an! Die Gipser machen einen Bogen um uns. Vielleicht sollten wir mal wieder die Rechnungen bezahlen. Was meinst du?«

»Jetzt fängst du auch noch mit Witzen an, Lukas! Lass das lieber bleiben! Die zünden nicht. Dass es hier so scheiße aussieht, weiß ich selber. Aber in diesen Kasten investiere ich keinen müden Cent mehr. Drüben am Hafen stehen ein paar schicke Bürogebäude leer. Vollglas mit einem Hauch Stahlbeton.«

»Hast du uns das nicht schon letztes Jahr erzählt, Chef?«

»Ach, halt dein Maul, kommt eh nichts Vernünftiges raus! Mach deine Arbeit! Schmier die Briefkuverts mit deinem Achselschweiß ein, damit du sie richtig zukleben kannst.«

Lukas kicherte noch leise vor sich hin, dann wandte er sich seinem PC-Monitor von der Größe einer mittleren Kinoleinwand zu.

Der Chef zeigte mit dem Kinn auf den Stapel mit den Zementsäcken an der Wand. »Was meinst du? Schaffst du es, zwei Säcke auf einmal zu stemmen.«

Ich sagte nichts. Ich ging rüber und zog mir zwei aufeinanderliegende Säcke zurecht. Dann packte ich den unteren. Zwei Zementsäcke wiegen zusammen achtzig Kilo. Achtzig Kilo sind eigentlich ein Klacks für mich, wenn sie in Form von Hanteln auf einer Hantelstange stecken. Aber zwei Zementsäcke – die kriegte man kaum zu fassen.

Ich hob sie an und richtete mich auf. Ich drückte sie an meine Brust. Der eine Sack begann zu rutschen.

Der fette Mann hinter dem Schreibtisch schielte zu mir rüber. Ich sah in seinen Augen, dass er es mir nicht zutraute.

Der Chef machte ein gelangweiltes Gesicht. Es schien ihm auf einmal egal zu sein, ob ich es schaffte oder nicht.

Ich musste mit den Händen unter die Säcke kommen. Jetzt rutschten beide. Aber ich kriegte sie noch zu fassen. Dann hieß es, schnell zu machen. Im nächsten Moment hatte ich sie oben.

»So okay?«, sagte ich und warf dem Chef einen überfreundlichen Blick zu.

Er zuckte mit den Schultern. »Okay, lass sie wieder ab. Lass sie aber bloß nicht fallen. Wenn sie kaputt gehen, zahlst du sie. Du kannst heute schon anfangen, wenn du willst. Um zehn heute Abend hier im Hof! Und

jetzt unterschreib schon den scheißverdammten Vertrag!«

ünf Millionen Volt, Jungs! Ihr drückt das Teil eine ZEHNTEL SEKUNDE auf die Brust von so einem Arschloch – und er scheißt sich in die Hose!«
Der Chef ließ seine Blicke über seinen Trupp schweifen wie ein General über seine Armee vor der alles entscheidenden Schlacht. Der Elektroschocker sah aus wie eine schwarze, lange Stabtaschenlampe. Er hielt ihn in der Rechten und klopfte damit in die Handfläche der Linken. Nach einer Kunstpause fuhr er fort: »EINE SEKUNDE auf der Brust – und ihm platzt der Darm! DREI SEKUNDEN – und ihm platzt der Schädel!«
Es war kurz nach zweiundzwanzig Uhr. Im Innenhof standen achtzehn Männer in schwarzen Overalls und schwarzen Springerstiefeln. Ich gehörte zu ihnen. Mein Overall war eine Nummer zu groß. Was mir recht war. Ich hatte genügend Bewegungsfreiheit für die Schultern und Arme, und die Ärmel und Hosenbeine hatte ich umgeschlagen.
Der Chef war der Einzige, der diese Einheitskluft nicht anhatte. Er steckte immer noch in seinem Bomberjacken-Cowboy-Outfit.
»Ihr wisst also, dass ihr mit diesem Gerät vorsichtig umgehen müsst. Keine unnötigen Aktionen. Habt ihr das verstanden?«
Niemand nickte. Es war kalt. Verdammt kalt. Viel zu kalt für April. Der Hof wurde von zwei Flutlichtscheinwerfern beleuchtet. Atemwölkchen stiegen hoch und lösten sich in der Nachtluft auf. Alle warteten auf den Einsatzbefehl.

Ich hatte an diesem Nachmittag noch ein paar knappe Einweisungen erhalten, mehr nicht. Ich war dann nach Hause gefahren und hatte ein paar Gläser Wodka getrunken. Jetzt war ich bereit.

»Was ich euch damit sagen will, Leute, ist: Ihr habt eine gefährliche, eine richtig gefährliche Waffe in euren Händen. Ihr tragt Verantwortung. Was ihr macht, Männer, ist ein wichtiger Job. Ein Job für Leute, die gerne Verantwortung tragen.«

Dass der Chef auch gleichzeitig der Einsatzleiter war, verwunderte mich nicht im Geringsten.

Neben mir stand ein Schrank von einem Mann, hohe Stirn, Kuhaugen, Lippen dick wie Teufelsschnecken. »Oh, Mann! Hör sich bloß einer den Scheiß an«, zischte er. »Dass er diesen Dreck jedes Mal verzapfen muss!«

Ich sagte nichts.

Der Chef drehte sich in unsere Richtung. »Arkadi, hast du was gesagt?«

Arkadi neben mir grinste, sah sich um, traf auf weitere grinsende Gesichter und sagte dann: »Klar, Chef, habe ich was gesagt.«

»Und was hast du gesagt? Darf ich das erfahren?«

»Klar, Mann!«

Der Chef trat langsam auf ihn zu.

»Also, was hast du uns mitzuteilen? Was gefällt dir nicht an dem, was ich sage?«

»Ich kann dieses Gesülze nicht mehr hören. Zehntelsekunde – Sekunde – drei Sekunden. Das haben wir schon so oft gehört.«

Als der Chef dann vor Arkadi stand, blickte er ganz entspannt auf ihn herunter. Er war schmaler, überragte ihn aber gut um einen halben Kopf. Während der Chef die Ruhe selbst war, begann Arkadi, mit den Schultern zu rollen.

»Das ist Teil der Sicherheitsunterweisung. Und die Sicherheitsunterweisung mache ich nicht zum Spaß. Die ist Vorschrift. Es gibt Regeln, Gesetze – und an die wollen wir uns halten.«

»Scheiß-Vorschrift. Scheiß-Regeln. Scheiß-Gesetze. Jeden Abend die gleiche Leier. Und wenn ein Neuer hier ist, hörst du gar nicht mehr auf mit dem Rumsülzen. Das geht mir auf die Nüsse.«

»Ich geh dir also auf die Nüsse?«

»Wir vertrödeln hier nur Zeit, Chef. Und es ist scheißkalt. Lass uns losfahren. Die Stadt durchkärchern.«

»Arkadi, Arkadi, Arkadi!«, tadelte ihn der Chef. »Nun mal langsam, ja! Wann wir aufbrechen, bestimme immer noch ich. Ist das klar?«

»Ist klar, Mann! Ich will nur, dass es jetzt endlich losgeht. Ich werde hier nicht fürs Rumstehen und Zuhören bezahlt.«

Der Chef zeigte jetzt ein tückisches Grinsen. Er drehte sich den anderen City-Cleanern zu. »Für den einen oder anderen von euch ist dieser Job vielleicht nur ein Beruf, bei dem ihr Geld verdienen könnt. Geld, für eure Familien, Geld, um es zu vertrinken oder es bei irgendwelchen Nutten liegen zu lassen. Das ist mir auch egal, vollkommen egal, was ihr mit eurem Geld macht, aber denkt daran, dass das Wort ›Beruf‹ auch von ›Berufung‹ kommt.«

Arkadi stampfte wie ein trotziges Kind mit dem Fuß auf. »›Berufung‹! Scheißdreck.«

Der Chef fuhr herum: »Hast du was gesagt?«

Arkadi zog seine Schultern hoch und nahm seinen Kopf ein wenig herunter. Er schaltete in den Kampfmodus um. »Klar, habe ich was gesagt. Ich hab gesagt, dass auch dieses ›Berufungs-Gequatsche‹ ein alter Scheißdreck ist. Das hängt mir so zum Hals raus.«

»Hängt dir so zum Hals raus? Soso! Wie komme ich dann zu der gewagten Vermutung, dass du bis zum heutigen Tag immer noch nicht kapiert hast, was ich damit sagen will? Hm? Und vielleicht denkst du auch mal darüber nach, dass vielleicht auch ein paar andere hier anders denken als du. Und vielleicht hört Ben, unser Neuer, das alles heute Abend zum ersten Mal.«

»Dann sag ihm das unter vier Augen, Mann«, sagte Arkadi. »Ich will meinen Job machen. Mehr nicht.«

»Das wollen wir alle!«

Arkadi lachte spöttisch und schüttelte den Kopf. »Mann, Chef, du solltest dich mal selber hören! Hier stehen sich die Leute die Füße in den Arsch und können es kaum erwarten, dass es bald losgeht. Ich weiß nicht, ob du ihm«, er blickte dabei auf mich herab, »erklärt hast, dass wir auf Prämie arbeiten. Aber auf Prämie arbeiten, heißt, dass jede Scheiß-Minute, die wir hier rumstehen, verlorene Zeit ist.«

»Arkadi ...«

»Nichts da mit Arkadi! Falls es dir noch nicht aufgegangen ist, wir arbeiten hier, weil wir Geld dafür kriegen, nicht wegen irgendeiner Scheiß-Berufung.«

Der Chef wiegte seinen Kopf verständnislos hin und her.

Die anderen Männer wurden unruhig. Vielleicht war ja etwas dran an dem, was Arkadi gesagt hatte.

»Arkadi, wenn dir der Begriff ›Berufung‹ nicht gefällt – kein Problem. Was ich sagen will, ist: Unser Beruf macht Sinn.« Er sprach über die Schulter zu den anderen: »Wenn ihr das kapiert, Männer, dass unser Job Sinn macht, habt ihr die Miete schon eingefahren. Wenn ...«

»Welche Miete denn, Mann?«, unterbrach ihn Arkadi. »Von welcher Scheiß-Miete redest du gerade? Von meiner Miete? He, Mann, um meine Miete bezahlen zu

können, brauche ich Geld. Und deswegen bin ich hier. Deswegen mach ich diesen Job.«

»Weißt du, Arkadi. Ich mag es nicht so gern, wenn ich unterbrochen werde. Gut, du machst also den Job wegen des Geldes. Okay, das ist ja nichts Ehrenrühriges. Überhaupt nicht. Aber wenn ich dich richtig verstanden habe, ist das dein einziger Grund, hm? Wenn ich dich richtig verstanden habe, kotzt dich der Job an, hm? Wenn das so sein sollte, dann brauchen wir dich hier nicht. Kein Mensch braucht dich hier. Dann kannst du ins Büro gehen und deine Papiere nehmen und gehen. Kein Mensch zwingt dich dazu, hier mitzumachen. Wir sind ein freies Land, und das gilt auch für dich.«

»Jetzt halt mal die Luft an, Chef!«, rief Arkadi. »Wir haben hier schon viel zu viel Zeit totgeschlagen. Wir sollten jetzt langsam loslegen, Mann. Das wollte ich nur gesagt haben. Mehr nicht.«

»Ist klar«, sagte der Chef und sah ihm direkt in die Augen.

Dann stieß er ihm den Elektroschocker in den Magen.

Im nächsten Moment wurde Arkadis Körper wie von einer riesigen Faust, die ihn am Genick gepackt hatte, durchgeschüttelt. Er sah aus wie ein Parkinson-Kranker auf Speed. Als der Chef den Elektroschocker wegzog, fiel Arkadi wie eine Marionettenpuppe in sich zusammen und plumpste zu Boden.

9

ie läuft es bei dir?«, stand auf dem Display meines Handys. Die SMS stammte von Laura.

Als ich gerade »Prächtig!« eintippte, blaffte mich der Chef an. »He, Kleiner, was machst du da?«

»Schreiben.«

»Haben wir dir heute Nachmittag nicht erklärt, dass Handys, Smartphones und der ganze Kram bei unserer Arbeit nichts verloren haben?«

»Stimmt, das habt ihr.«

Der Chef legte seinen Kopf schief und machte ein ungläubiges Gesicht. »Na, hör sich das mal einer an!«

Die anderen City-Cleaner fingen an zu feixen. Ich drückte auf »Absenden.«

Der Chef hielt mir die Hand hin und wedelte mit den Fingern, als wolle er sich Luft zufächeln. »Her mit dem Ding!«

»Moment!« Ich schaltete das Handy ab.

»Her damit, verdammt!«

Ich reichte es ihm. Er blickte auf das dunkle Display, dann sah er mich an, und schließlich ließ er mein Handy zu Boden fallen und zertrat es mit dem Absatz seines rechten Cowboy-Stiefels.

»Upps, sorry!« Er zog theatralisch seine Mundwinkel nach unten. »Ist mir irgendwie ... aus der Hand gerutscht.«

ormalerweise fuhren die City-Cleaner in sechs Transportern mit je drei Mann los. Weil Arkadi aber ausfiel, nahm der Chef ein paar Umbesetzungen vor, und am Ende saß ich alleine neben ihm im Wagen.

Er machte einen ganz aufgeräumten Eindruck. Er war die Ruhe selbst. Die Sache mit dem Handy schien er schon vergessen zu haben.

Er kaute auf einem Zahnstocher herum, startete den Motor und sagte: »Jetzt geht's los, Kleiner! Die Jagd beginnt!«

»Kann's kaum erwarten«, sagte ich missmutig.
»Es wird dir Spaß machen, glaub mir.«
»Mal schauen«, sagte ich. Wir schwiegen eine Weile, bis ich ihn fragte: »Was passiert eigentlich mit Arkadi?«
»Was mit ihm passiert? Wir lassen ihn liegen. Keine Sorge, wenn er wieder zu sich kommt, findet er schon den Weg nach Hause. Und das verspreche ich dir: Du brauchst ihn dabei nicht an der Hand führen.«

11

u denkst sicher, ich hätte vorhin bei der Sache mit Arkadi überreagiert.«
Ich zuckte mit den Schultern. »Kann ich nicht sagen. Ich habe keine Ahnung, was ihr sonst noch so für Spielchen miteinander treibt.«

In dem abgefuckten Industriegebiet, durch das wir fuhren, war es zappenduster. Es gab keine Straßenlaternen, und schwere Wolken bedeckten den Nachthimmel. Kein Mond und keine Sterne waren zu sehen.

»Dieser Stinkstiefel hat mich schon eine ganze Weile auf dem Kieker«, fing der Chef an. »Es musste früher oder später so weit kommen, wie es kam. Arkadi hat es darauf angelegt. In jedem Unternehmen, in jedem Team gibt es solche Typen wie ihn. Stänkerer, Querulanten. Machen die Laune und die Atmosphäre kaputt.«

»Und warum haben Sie ihn dann eingestellt?«

Er warf mir einen kurzen Seitenblick zu. »Ah, unser kleiner Klugscheißer meldet sich mit einer ernst zu nehmenden Frage zurück! Denkst du, wenn ich gewusst hätte, was für ein Kerl Arkadi ist, hätte ich ihn eingestellt? Er schien ganz in Ordnung zu sein. Konnte zupacken. Und Skrupel waren ihm fremd. Wir haben es manchmal mit gottverdammten Weicheiern zu tun. Die

sind wie die Pest. Aber die erkenne ich in der Zwischenzeit ganz gut. Arkadi war eindeutig kein Weichei.«
»Aber ein Stänkerer.«
»Genau! Ein Stänkerer!«

12

o fahren wir eigentlich hin«, wollte ich wissen.
»Wirst schon sehen.«
»Okay!«, sagte ich. »Soll wohl so was wie eine Überraschung werden.«
»Erraten!« Er nahm seinen Zahnstocher aus dem Mund, machte das Fenster auf und warf ihn hinaus.
»Überraschungen habe ich schon früher an Weihnachten nicht gemocht«, sagte ich.
»Kannst es wohl kaum erwarten, richtig loszulegen?« Er machte das Fenster wieder zu.
»Ich finde, in der Gegend herumzufahren, ist halt ziemlich langweilig.«
»Keine Angst, du kommst noch auf deine Kosten. Versprochen.«
Ich legte meinen Kopf gegen die kalte Scheibe der Beifahrertür. Ich hätte ein Schläfchen vertragen können. Oder ein Bier. Oder einen Wodka.
»Sagen Sie, fahren Sie jede Nacht dieselben Plätze und Orte ab, um dort sauber zu machen oder kriegen Sie auch Infos – sagen wir mal – von besorgten Nachbarn oder aufmerksamen Bürgern?«
»Ich kenne alle Ecken hier in der Stadt, und ich weiß auch, wo sich der Dreck anhäuft. Aber wenn wir einen Anruf kriegen – wie hast du gesagt? – von einem besorgten Nachbarn oder von einem aufmerksamen Bürger –, dann hat das natürlich oberste Priorität. Ach ja, Bullen geben uns eigentlich die meisten Tipps.«

Er warf mir einen Blick zu, als wolle er sehen, wie ich auf diese Information reagiere.

»Und die Arbeit lohnt sich?«

»Du willst wissen, ob die ›City-Cleaner‹ rentabel sind? Das sind sie. Verdammt noch mal, das sind sie. Ich habe diesen Verein vor drei Jahren aufgebaut. Die ›City-Cleaner‹ – das war meine Idee, mein Projekt, mein Baby. Und was ist in den letzten drei Jahren passiert? Ganz still und heimlich haben wir in fast allen Großstädten in Deutschland Niederlassungen der ›City-Cleaner‹. Hat halt niemand so richtig mitgekriegt. Unser Geschäft ist nicht gerade – wie sagt man so schön? – salonfähig. Die braven Bürger brauchen uns, wollen uns aber nicht sehen und nichts von uns mitbekommen. Allein diesen Monat gibt es zwei neue Niederlassungen in Sachsen und Thüringen. Das Geschäft boomt. Wir machen richtig Umsatz, wir verdienen gut, weil wir richtig gut sind, verstehst du das?«

Ich kratzte mich am Kopf. »Sie haben die ›City-Cleaner‹ gegründet. Sie sind der Chef, Sie verdienen jede Menge Geld, und Sie fahren noch jede Nacht mit der Truppe auf Tour? Das kapier ich nicht. So was haben Sie doch gar nicht nötig. Sie müssen sich die Hände doch nicht mehr schmutzig machen.«

»Ich gehe auf Tour mit euch – ja, warum wohl? Weil es mir verdammt noch mal Spaß macht. So einfach ist das. Du kannst mir glauben oder auch nicht. Ich bin kein Büromensch. Ich könnte nicht so arbeiten und leben wie unser guter alter Lukas. Verwaltung, Akten – das ist nichts für mich. Ich muss raus. Ich war schon immer ein Frontschwein und werde es immer bleiben.«

Ich ließ mir das Ganze eine Weile durch den Kopf gehen. Aus den Augenwinkeln sah ich, wie er zu einem schiefen Grinsen ansetzte. »Weißt du, wie man mich auch noch nennt?«

»›Fürst der Finsternis‹«, sagte ich so launig, wie es nur ging.

»Von wem hast du das erfahren?«

»Hat so ein Typ auf dem Arbeitsamt erzählt.«

»So ein Typ auf dem Arbeitsamt.« Er nickte eine Weile gedankenverloren vor sich hin. Dann sagte er: »Wir haben unsere Stellen aber gar nicht beim Arbeitsamt gemeldet.«

Ich atmete einmal tief durch. »Trotzdem trifft man da immer irgendwelche Typen, und mit denen unterhält man sich, und da erfährt man so einiges über spezielle Jobs und ...«, ich machte eine Pause, »über spezielle Arbeitgeber.«

»›Fürst der Finsternis‹. Keine Ahnung, wer mir diesen Namen gegeben hat. So ein beschissener Name.« Er schüttelte den Kopf, dann sagte er: »Und was hast du dir bei diesem Namen gedacht?«

Ich verdrehte die Augen. »Ich hab mir fast in die Hose geschissen vor Angst.«

»Du hast ...« Er fing an zu prusten. Dann riss er sich zusammen. Dann fing er an zu kichern. Und aus dem Kichern wurde ein Lachen. Und dann haute er aufs Armaturenbrett und kriegte sich fast nicht mehr ein vor Lachen.

»Du gefällst mir, Kleiner«, sagte er und schlug mir auf die Schulter. »Ohne Scheiß!«

nser erster Einsatzort war – Überraschung! – der Stadtpark! Wir fuhren mit den sechs Fahrzeugen rein. An sich waren hier Autos verboten, aber die City-Cleaner schien das nicht zu scheren.

Nach einer Weile hielt der Chef an und befahl uns, abzusitzen. Vielleicht hundert Meter vor uns waren die Toilettenhäuser. Um ein mächtiges Feuer herum saß eine Gruppe von Frauen und Männern, trank und spielte auf Geigen, Gitarren und Trommeln irgendwelche exotischen Weisen.

Der Chef gab mit den Händen ein paar Anweisungen, und die City-Cleaner schwärmten aus.

»Du kommst mit mir mit«, sagte er und packte mich am Ärmel.

Ich blieb stehen.

Er näherte sich mir mit grimmigem Blick. »Was'n los?«

»Kriege ich keinen Elektroschocker?«

Es war lausig kalt, und vom Feuerwehrteich ganz in der Nähe drang jämmerliches Froschgequake.

»Du schaust erst mal zu. Das reicht. Du brauchst noch keinen Elektroschocker. Keine Angst, ich bin bei dir!«

»Da kann ich ja ganz beruhigt sein.«

ir zählten einundzwanzig Leute, die es sich um das Lagerfeuer herum gemütlich gemacht hatten. Sie sahen aus wie Indios aus Südamerika oder reisendes Volk aus Südeuropa. Sie hatten farbenprächtige, aber zerschlissene Klamotten an. Zwei konnten einigermaßen Deutsch, die quasselten los, was das Zeug hielt, aber als der Chef einem glatzköpfigen Alten einen Schlag in den Magen versetzt hatte, schwiegen sie auf einmal alle.

»Auf den Boden mit euch! Hinlegen!«

Sie starrten ihn an. Die Frauen rafften ihre Ponchos zusammen.

DER CITY-CLEANER

Als die Ersten sich auf den Boden legten, taten es die anderen dann nach. Am Ende lagen sie mit dem Bauch im nassen Gras, Arme und Beine so weit wie möglich von sich gestreckt.

Zuerst zerschlug der Chef die Geigen und Gitarren, dann zertrat er die Trommeln. Und am Schluss nahm er den Elektroschocker aus seinem Gürtel und fing an, die Leute im Gras zu grillen.

Drei Männer sprangen auf und wollten abhauen, aber die anderen City-Cleaner hatten aufgepasst. Sie erwischten sie mit ihren Elektroschockern. Die drei Männer fingen in der Laufbewegung an zu zappeln und brachen dann einfach zusammen.

Als am Ende alle einundzwanzig Leute sich am Boden in Krämpfen wanden, steckte der Chef seinen Elektroschocker weg, strich sich seine Haare zurück, richtete sich auf und rief: »ALLE EINSAMMELN!«

 ir pflückten die Leute auf wie weggeworfenes Butterbrotpapier. Zwei Fahrer hatten in der Zwischenzeit ihre Transporter geholt, und wir wuchteten die Männer und Frauen einfach hinten rein.

Ich hatte keine große Mühe mit ihnen. Sie wogen nicht allzu viel. Zwei Brüder, die sich ähnlich sahen wie Zwillinge, konnte ich mit jeder Hand hochheben und schwungvoll hinten reinwerfen.

Der Chef klopfte mir, als wir fertig waren, auf die Schulter. »Na, leichter als gedacht, Kleiner? Für einen, der zwei Zementsäcke stemmen kann, muss so was ja ein Kinderspiel sein.«

»Du machst ein Gesicht, als würde dir was nicht passen. Raus mit der Sprache!«

Vom Stadtpark aus fuhren wir durch ein paar heruntergekommene Wohngebiete, Wohnblock an Wohnblock. Hinter etlichen Fenstern brannte noch Licht.

»Nichts ist! Haben Sie was dagegen, wenn ich eine rauche?«

Ich machte meinen Overall auf und suchte in meiner Hemdtasche nach der Zigarettenschachtel.

»Nein! Natürlich nicht! Du kannst dich ja noch mit Lavendelduft einsprühen!« Er leckte sich über die Lippen. »Verdammt noch mal, klar habe ich was dagegen! Hier in meinem Wagen wird nicht geraucht. Hab mir die Scheiße vor zwanzig Jahren abgewöhnt. Da brauche ich jetzt alles, nur keinen Stinker neben mir.«

»Das war nur eine Frage, mehr nicht.« Ich hörte auf mit Suchen und machte meinen Overall wieder zu.

»Okay, Klugscheißer! Lassen wir das mal. Kommen wir zu dem zurück, was dir offensichtlich nicht passt. Was ist es? Du hast doch gewusst, was die City-Cleaner so in etwa machen, oder etwa nicht?«

»So *in etwa* habe ich das gewusst!«

»Scheiße, du willst mich wohl verarschen?«

»Nein«, sagte ich. Ich merkte, dass ich jetzt einen Gang zurückschalten musste. »Ich wollte sagen, dass ich natürlich gewusst habe, dass ihr nicht den Park fegt oder leere Flaschen einsammelt.«

»Ja, ich höre!«

»Ich habe natürlich gewusst, dass ihr die ganzen Penner, Säufer, Junkies, Illegalen in den öffentlichen Plätzen, Anlagen und so weiter einfangt und abtransportiert.«

»Ja, genau. Und wenn mich mein Gedächtnis nicht täuscht, haben wir dir das heute Nachmittag sogar im Einzelnen noch mal verklickert. Oder etwa nicht?«

»Ja, das habt ihr mir verklickert.«

»Ja und?« Er warf mir einen kurzen Seitenblick zu. »Hat es was mit der kleinen Elektroschocker-Einlage zu tun?«

»Hat es.«

»Verkackte Scheiße, und was? Muss man dir jedes Wort einzeln aus der Nase ziehen?«

Jetzt musste ich aufpassen, was ich sagte. Und vor allem *wie*. »Ich habe mir vorgestellt, dass die Elektroschocker nur was für den äußersten Notfall sind. Wenn einer zum Beispiel rabiat wird oder sich mit aller Macht wehrt. Aber ihr setzt die Elektroschocker *automatisch* bei allen ein. Sogar bei Frauen.«

»Sogar bei Frauen! Hör sich das mal einer an! Als ob wir da Zeit hätten zu unterscheiden. Jetzt pass mal auf: Vergiss mal dieses ganze moralische Gedöns! Das hat bei uns nichts verloren. Wir haben einen Job zu erledigen! Wir sind – noch – viel zu wenig Leute, um die ganze Arbeit, die jede Nacht anfällt, auch nur halbwegs ordentlich zu erledigen. Wir können uns keine Gewissensbisse erlauben oder irgendwelche scheißsoziologischen Forschungsergebnisse über Bevölkerungsentwicklungen in Ballungszentren abwarten, bis wir tätig werden. Wir haben keine Zeit für so einen Dreck! Bei uns muss es zack, zack gehen.«

»Hört sich nach Akkord-Arbeit an. Da hatte Arkadi wohl recht, als er von ›Prämie‹ gesprochen hat.«

»Arkadi ist ein Arschloch! Aber ja, manche Leute arbeiten nur, wenn es eine saftige Prämie gibt. Und von mir aus kannst du auch den Begriff *Akkord-Arbeit* benutzen. Hab kein Problem damit. Die Städte, die Kommunen, die Landkreise – die haben einen Handlungsbe-

darf. Einen großen, einen akuten, einen dramatischen Handlungsbedarf. Die Innenstädte sollen wieder attraktiver werden. Das ist politisch so gewollt. Die ›Grüne Wiese‹ ist out! Diese ganze Scheiß-Verlagerung von Handlungszentren nach außerhalb hat dazu geführt, dass die Innenstädte verödet sind. Und jetzt – jetzt werden sie wieder aufgewertet. Endlich! Banken, Aktiengesellschaften investieren in die Innenstädte! Das, Kleiner, ist die Zukunft!«

»Und da machen sich Drogensüchtige, Bettler und dieses ganze Gesocks nicht so gut.«

»Genau, Kleiner. Das macht sich einfach nicht so gut. Die Investoren – was machen die? Sie investieren Millionen und Abermillionen in die Innenstädte, und dann kommt so ein asoziales Pack daher, müllt die Fußgängerzonen zu, kotzt in die Unterführungen und besprüht alles mit ihren beschissenen Graffitis.«

»Das geht ja gar nicht.«

»Hoffe, du meinst das nicht ironisch, Kleiner. Nein, so was geht wirklich nicht! Die Zeit für friedliche Lösungen ist vorbei. Man hat diesem menschlichen Abschaum Ausweichquartiere geschaffen außerhalb der Innenstädte – aber nein, sie wollen das nicht. Schränkt sie in ihrer Freiheit ein. He, welche Freiheit denn? Die Freiheit, unser Geld ausgeben zu dürfen? Diese verdammten Arschlöcher! Nein, Kleiner, die Zeit des guten Willens und der frommen Worte ist vorbei. Jetzt wird hier sauber gemacht. Das ist ein Dreckjob. Aber der Dreckjob ist es wert, gemacht zu werden.«

»Die City-Cleaner säubern also die Innenstädte von Menschen, die hier fehl am Platze sind und nur Dreck machen.«

»Hört sich gut an. Guter Werbeslogan. Aber so ist es. Du glaubst gar nicht, wie viele Politiker hinter uns stehen. Alle stehen hinter uns! Politiker aller Fraktionen!«

»Das glaube ich nicht!«

»Das kannst du mir ruhig glauben! Wir sind nur die Exekutive, wenn du weißt, was das ist.«

»Hab schon mal was davon gehört.«

Er holte wieder einen Zahnstocher hervor und begann, darauf herumzukauen. Er machte einen richtig zufriedenen Eindruck.

Nach einer Weile fragte ich ihn: »Wo bringen die City-Cleaner die Leute hin?«

»An die Grenze. Dort warten Lkws. Wir geben dort die Leute ab.«

»Und was passiert dann mit ihnen?«

»Man transportiert sie raus aus Deutschland.«

»Und dann?«

»Keine Ahnung. Nicht meine Baustelle. Das ist nicht unser Aufgabengebiet.«

»Das soll ich glauben? Dass Sie nichts wissen?«

»Genau, das kannst du mir ruhig glauben. Das ist nämlich nicht mein Bier. Wir liefern das ganze Gesindel nur dort ab – ohne Ansehen der Nationalität, des Geschlechts, der Religion und so weiter. Basta. Aus.«

Ich hatte genug gehört. Ich klopfte mir eine Zigarette aus der Schachtel und steckte sie mir in den Mundwinkel.

»Verdammt, hast du nicht gehört, was ich dir gesagt habe? Hier wird nicht geraucht!«

er nächste Einsatzort war unter einer Brücke am Fluss. Lauter Säufer und Penner. Männer und Frauen.

Wir stiegen aus, und ich schnippte die Zigarette, die ich nicht angebrannt hatte, ins Wasser. Als wir mit unseren Taschenlampen die Leute ins Visier nahmen, blickten wir in blaurote Gesichter und wässrige Augen. Wir warteten auf die anderen City-Cleaner, und dann legten wir los.

Eine zahnlose Alte mit eingefallenem, runzligem Mund schaffte es, sich von hinten an den Chef zu krallen. Er griff nach hinten, packte ihren Kopf, holte mit seinem ganzen Körper Schwung und schleuderte sie über seine Schulter. Sie landete auf glitschigen Pflastersteinen, war aber schnell wie eine Katze wieder auf den Beinen. Sie war zäh und hatte Mumm. Schreiend und keifend ging sie auf ihn los. Ich sah ihm an, wie sehr sie ihn anekelte. Er drückte ihr den Elektroschocker gegen die Brust, und sie wurde weggeblasen wie von einer Orkanböe. Sie landete wieder auf den Pflastersteinen, irgendwas knackte oder brach, und Schaum quoll aus ihrem Mund. Sie gab keinen Mucks mehr von sich.

Nach ein paar Minuten waren die anderen Penner auch erledigt.

Nachdem wir die Körper in die Transporter geworfen hatten, musste ich mal eine kurze Verschnaufpause einlegen.

Ich lehnte mich gegen einen Kotflügel, holte meinen Flachmann raus und gönnte mir einen Schluck.

ls wir losfuhren, sagte ich: »Was mich ja wundert, ist, warum kommen die Leute immer wieder an die gleichen Orte zurück?«

»Wie meinst du das?«

»Na ja, Stadtpark, unter Brücken – das sind ja jetzt nicht die super-geheimen Plätze, wo sich Penner und Obdachlose verstecken können. Die City-Cleaner schauen doch bei ihren Touren regelmäßig dort vorbei. Und

trotzdem erwischt ihr jedes Mal welche. Die könnten doch wissen, dass sie dort keine Chance haben?«

Der Chef grinste. »Geh einfach mal davon aus: Die meisten von denen sind dumm oder naiv oder haben sich ihren Verstand weggesoffen. Die denken immer noch, weil das alles öffentliche Plätze sind, passiert ihnen nichts. Und dann kommt natürlich der Herdentrieb dazu: Wenn einer den Weg in den Park einschlägt, traben sie alle hinter ihm her. Zugegeben: Für uns macht das die Sache leicht.«

Er strich seine Haare nach hinten, wischte sich mit dem Handrücken über die Stirn und machte einen durch und durch zufriedenen Eindruck.

Nach einer Weile sagte ich: »Es hat Ihnen Spaß gemacht.«

»Was?«

»Das mit der alten Frau! Man hat Ihnen angesehen, dass Sie es genossen haben.«

Der Chef lachte. »Das hat doch mit dieser alten Hexe nichts zu tun. Mir gefällt mein Job. Aber wenn ich mich recht erinnere, habe ich das auch schon mal gesagt. Hm? Hab ich das gesagt, oder habe ich das nicht gesagt?«

Ich schüttelte den Kopf, griff wieder zu meinem Flachmann und setzte ihn an.

Dem Chef war die gute Laune verflogen. »Es wird während der Arbeitszeit nicht getrunken! Das haben wir dir doch verdammt noch mal während der Einweisung gesagt oder etwa nicht?«

Ich nahm einen Schluck, schraubte den Flachmann zu und steckte ihn weg. »Und? Was ist dann? Gibt's jetzt eine Disziplinarstrafe?«

Der Chef lockerte seine Schultern. »Ich lasse es dir noch durchgehen. Du bist neu. Es ist dein erster Einsatz. Und du kannst gut zupacken. Konnte mich davon über-

zeugen, wie du die zappelnden Wracks in die Transporter gewuchtet hast. Bist nicht so leicht unterzukriegen. Das gefällt mir.«

»Soll ich jetzt dankbar sein, dass Sie es mir durchgehen lassen?«

»Nein. Wollte nur sagen, dass du eigentlich ganz gut in unsere Truppe passen würdest. Aber ich werde dich im Auge behalten. Denkst du, ich hätte es nicht gleich gemerkt, als du mir heute Nachmittag im Büro gegenübergestanden bist, dass du trinkst? Ich rieche einen Säufer auf hundert Meter. Auch wenn er nur Wodka in sich hineinschüttet. Du denkst, du hast dann keine Fahne, aber ich rieche dich trotzdem. Nur um es noch mal klarzustellen: Es wird während der Arbeit kein Alkohol getrunken. Und wenn du besoffen zur Arbeit kommst, kriegst du eine Abmahnung. Und nach der zweiten Abmahnung fliegst du. Kapiert?«

»Kapiert.«

Wir sagten eine Weile nichts mehr.

Dann fing er an: »Brauchst du das Zeug, um ruhig zu *werden* oder um ruhig zu *bleiben*?«

»Gute Frage, die ich nicht *abschließend* beantworten kann – vor allem nicht, nach dem, was ich heute Nacht so alles *erleben* durfte?«

»Das ist noch gar nichts. Wart nur ab, bis du zum ersten Mal einen Elektroschocker in der Hand hältst.«

nser nächster Einsatzort befand sich am alten Hafen. Es war jetzt kurz nach Mitternacht. Wir fuhren im Schritttempo durch die alten, stillgelegten Anlagen und klapperten leer stehende Hallen ab, durchsuchten halb zerfallene Industrieruinen, pirschten uns an tote Verladestationen

heran und durchleuchteten alle möglichen Winkel und Verstecke.

Nichts.

Der Chef war sichtlich enttäuscht.

»Und?«, wollte ich wissen. »Was war das jetzt? War das auch so eine Gegend, die Sie jede Nacht aufsuchen?«

»Nicht jede Nacht«, sagte er.

»Was ich nicht so ganz verstehe: Der alte Hafen scheint ja nicht gerade ein Vorzeigeobjekt für die Stadtväter und die Investoren zu sein. Es würde doch niemand stören, wenn hier ein paar Penner ihren Suff ausschlafen. Oder?«

»Denkst du!«, sagte der Chef und grinste grimmig. »Aber wenn das hier zurzeit noch kein Vorzeigeobjekt ist, wer sagt dann, dass das so bleiben muss?«

20

 ach ein paar Minuten war seine schlechte Laune wieder verflogen. Er steckte sich wieder einen Zahnstocher in den Mund und räusperte sich. »Sag mal, bist du verheiratet? Oder hast du eine Freundin?«

»Bin geschieden«, sagte ich und hatte Sehnsucht nach meinem Flachmann.

»Kinder?«

»Nein. Zum Glück nicht.« Um ihn vom weiteren Nachfragen abzuhalten, ging ich jetzt in die Offensive. »Und Sie?«

»Witwer. Habe eine Tochter.«

»Und was sagt sie zu dem, was Sie so treiben?«

»Keine Ahnung.«

»Keine Ahnung?«

»Sie ist auf und davon. Mit vierzehn. Mit ihrer Mutter. Als die noch nicht tot war.«

»Okay!«

Er lachte. »Nichts ist okay! Ihre Mutter ist in einer Hippie-Kommune aufgewachsen. Das hat sie nicht losgelassen. Das ist ihr in Fleisch und Blut übergegangen. Hatte keinen Bezug zu einem Zuhause. Hab gedacht, ich könnte sie kurieren von dem ganzen Mist. Hat nicht geklappt. Musste mein Lehrgeld zahlen. Solche Menschen kann man nicht kurieren. Die haben diese Rumtreiberei im Blut. Sie ist mit meiner Tochter wieder in irgendeine Scheiß-Kommune gezogen und dann dort gestorben. In Kalifornien oder in Florida. Keine Ahnung.«

»Und was ist mit Ihrer Tochter?«

»Was ist mit meiner Tochter?«

»Sie haben gesagt, Sie wäre mit vierzehn abgehauen. Haben Sie nichts mehr von ihr gehört seither?«

»Nein. Sie ist ganz die Tochter ihrer Mutter. Eine Rumtreiberin.«

»Wie alt ist sie jetzt?«

»Keine Ahnung!« Seine Kiefer fingen an zu mahlen. Dann sagte er: »Zweiundzwanzig. Weißt du, es ist mir so was von scheißegal, was sie tut oder was sie so macht. Ob sie im Ausland einen Milliardär geheiratet hat oder auf Ibiza in so einer Drecks-Kommune herumvegetiert. So was von scheißegal!«

Er machte das Fenster auf und schmiss seinen Zahnstocher hinaus.

ch musste auf einmal lachen. Eine Faust löste sich in meinem Innern, und die ganze Energie entlud sich in schallendem Gelächter.

»He, Kleiner, was ist los mit dir?«

»Was ... was los ist?« Mir kamen vor lauter Lachen die Tränen. »Scheiße ... sorry ... brauch erst mal einen Schluck.«

Ich zog meinen Flachmann wieder raus.

»Das lässt du gefälligst bleiben!«

»Kann nicht! Kann's echt nicht!« Ich schraubte den Verschluss ab und musste aufpassen, dass ich durch mein Lachen nichts verschüttete.

»Verdammt noch mal, hörst du nicht, was ich gesagt habe? Lass es bleiben!«, sagte er scharf.

Ich ließ mir den Wodka in die Kehle rinnen, bis der Flachmann leer war. Dann steckte ich ihn wieder weg.

»Das, mein Junge, das wird ein Nachspiel haben! Das verspreche ich dir. Da kannst du sicher sein! Du willst mich wohl verarschen?«

»Nein, will ich nicht«, sagte ich. Ich hatte mich wieder im Griff. Der Wodka wärmte mich wie eine Bettflasche. »Mir ist vorhin bloß so einiges klar geworden. Ich hatte da einfach so eine Idee.«

Der Chef warf mir stirnrunzelnd einen fragenden Blick zu. »Was? Was ist dir klar geworden?«

»Das Ganze ergibt langsam ein Bild. Ein schönes, rundes Bild.«

»Was ergibt ein Bild? Kannst du etwas deutlicher werden? Oder was soll das hier werden? Ein heiteres Ratespiel? Ich soll raten, was du meinst, wenn du die Fresse aufmachst und irgendeinen Mist verzapfst?«

»Nein, mir ist bloß diese Frau, diese alte Frau unter der Brücke eingefallen. Die Frau, die sich gegen Sie gewehrt hat, die Sie angegriffen hat. Ich habe mir einfach nochmals dieses Bild, dieses einzigartige Bild, in die Erinnerung zurückgerufen.«

Er starrte mich ungläubig an. Dann starrte er wieder gerade aus. Und schließlich schüttelte er den Kopf. Er

schüttelte den Kopf so lange, dass ich dachte, er wolle gar nicht mehr damit aufhören.

Als er dann schließlich doch damit aufhörte, zauberte er gleich darauf ein Grinsen auf sein Gesicht, das sogar im Profil richtig fies aussah. »Oh, Mann! Hab ich da einen Dr. Freud neben mir sitzen? Klugscheißer Freud? Die Zahnrädchen rotieren. Die Rechenmaschine zählt eins und eins zusammen und raus kommt minus eins. Habe ich recht?«

»War das gerade Mandarin? Hab kein Wort verstanden!«

»Na, die Alte, die ich vorhin … zu Boden gestreckt habe! Und meine Frau, die ich für Abschaum halte. Da fängt auf einmal unser Dr. Freud an zu kombinieren. Frauenhass aufgrund enttäuschter Hoffnungen und so ein Scheiß. Sieht in jeder Frau, die nicht klein beigibt, die Frau, die ihn verlassen hat. Habe ich recht?«

»Ich habe nichts gesagt.«

»Vergiss es! Du brauchst nicht mal daran zu denken. Ich hasse keine Frauen. Und diese zahnlose Alte vorhin – wenn es ein zahnloser Alter gewesen wäre … oder sonst irgendein Arsch, dann hätte ich ihn genauso gegrillt. Wer mir ans Leder will, kriegt es tausendfach zurück.«

ir klapperten insgesamt noch vier einschlägige Orte und Plätze innerhalb des Stadtgebiets ab, sammelten noch jede Menge Leute ein, und dann fuhr der Chef der City-Cleaner raus auf die Stadtautobahn.

»Geht's jetzt an die Grenze?«, wollte ich wissen.

»Wir haben noch ein Date. Ein *letztes* Date. 's ist schon kurz nach drei Uhr morgens. Und unsere Trans-

porter sind so gut wie voll. Aber noch nicht ganz. Wir müssen uns beeilen.«

»Was für ein Date?«

»Wirst schon sehen, Kleiner.«

»Ich dachte, die City-Cleaner sind nur für die Innenstädte zuständig?«

»Ach, Kleiner«, sagte der Chef mitleidig, »der Begriff ›Innenstadt‹ ist ein dehnbarer Begriff.«

Er lachte kurz. »Ist dir eigentlich schon aufgefallen, dass die hinten in unserem Wagen so still sind? Schlafen wie die Lämmlein. Ist doch schön! So soll Frachtgut doch auch sein!«

»Aber sicher doch.«

23

ir fuhren in einen alten, verlassenen Steinbruch. Wir kamen an Stein-, Kies-, Sand- und Müllbergen vorbei. Schon von Weitem hörten wir Musik.

»Was für ein Scheißlärm!«, knurrte der Chef und hämmerte auf sein Lenkrad. »Verdammte Tiere!«

»›Bad Religion‹«, sagte ich.

»Was?«

»›Bad Religion‹. Punk-Musik. Fass es ja nicht, dass die heute noch einer hört!«

»Scheißlärm!«

»Sie sind wohl nie jung gewesen?«

Darauf sagte er nichts.

Die Fahrt der sechs City-Cleaner-Fahrzeuge endete vor einer lang gezogenen Baracke. Sie hatte kein Dach mehr, die Fenster waren eingeschlagen und die Türen fehlten. Vereinzelt ragten verrostete Stahlverstrebungen in den Himmel.

Um ein Feuer, das gut und gerne zehn Meter hoch war, saßen, tanzten, standen Punks herum. Quatschten, tranken, rauchten. Als sie uns sahen, grinsten sie. Es gab für sie kein Entkommen. Trotzdem grinsten sie.

24

»LLE IN EINER REIHE AUFSTELLEN!«, rief der Chef. »MARSCH! MARSCH!«

Die Punks standen den City-Cleanern gegenüber. Ich schätzte sie auf etwa zwanzig Leute.

»Leck mich am Arsch«, rief ihm ein Punk mit gepiercten Lippen und tätowierter Glatze entgegen.

»Ihr wollt uns Probleme machen?« Der Chef der City-Cleaner lächelte.

»Stimmt! Wir wollen euch Probleme machen«, sagte der Punk, sah sich um und erntete zustimmendes Kopfnicken.

»Wir sind ganz freundlich gekommen. Ganz höflich. Und so werden wir empfangen. Das werden wir nicht so schnell vergessen.«

»Mir kommen die Tränen.«

Der Punk holte aus seiner mit unzähligen Buttons übersäten Lederjacke einen Schlagring und steckte ihn sich auf die rechte Hand. Ein paar andere hatten auf einmal Holzlatten und Bleirohre in den Händen.

Der Chef drehte sich zu den anderen City-Cleanern um. »Zurück zu den Wagen und legt eure Helme an! Fürchte, da könnten heute Nacht noch ein paar Knochen brechen.«

Zu mir sagte er: »Du bist jetzt dabei, Kleiner. Das ist so was wie eine Äquatortaufe. Weißt du, was das ist?«

»Klar! Soll richtig Scheiße sein!«

Er grinste. »Was heißt hier Scheiße? Ich hab dir das Beste bis ganz zum Schluss aufgehoben.«

DER CITY-CLEANER

25

ch hatte einen Schutzhelm mit Visier auf. Aber statt eines Elektroschockers hatte der Chef mir nur einen Gummiknüppel gegeben. Der Erste, der sich auf mich stürzte, war ein Schrank von einem Kerl. Rasiermesserscharfer Irokesenschnitt, jede Menge Metall im Gesicht und um den Hals ein Stachelband. Genauer konnte ich ihn nicht unter die Lupe nehmen, denn er stampfte mit einem Tempo auf mich zu, als wolle er eine Wand einrennen.

Als er nah genug an mir dran war und er zu einem Schlag mit einer Fahrradkette ausholte, wich ich zur Seite, zog den Kopf ein, die Fahrradkette sauste an meinem Ohr vorbei, und dann hämmerte ich ihm den Gummiknüppel gegen das Schienbein. Er jaulte auf und ging auf die Knie. Der nächste Schlag traf ihn hinter dem Ohr, und er krachte auf den Boden wie ein Baumstamm. Als ich mich umdrehte, stürzte sich ein Mädchen auf mich und ging mir an die Gurgel. Ihre spitz gefeilten Fingernägel gruben sich unter meinem Schutzhelm in meinen Hals. Gleichzeitig sprang mir jemand auf den Rücken. Jemand Leichtes. Wahrscheinlich auch ein Mädchen. Flinke Finger lösten meinen Kinnriemen, und in der nächsten Sekunde flog mein Schutzhelm hoch in die Nacht.

Ich kann keine Frau schlagen. Habe ich noch nie gekonnt. Aber die spitz gefeilten Fingernägel bohrten sich immer tiefer in mein Fleisch. Ich wollte das Mädchen warnen, kriegte aber auf einmal nur noch ein paar müde Krächzer raus. Mir blieb nichts anderes übrig, als ihr mit einem Ende des Gummiknüppels in den Magen zu schlagen. Sie ließ augenblicklich los und ging zu Boden. In der nächsten Sekunde griff ich mit einer Hand nach hinten, kriegte eine Lederjacke zu fassen und schmiss die Per-

son, zu der die Lederjacke gehörte, von meinem Rücken herunter. Ich hatte richtig vermutet: ein Mädchen. Ein dünnes, wütendes Mädchen. Ihre Hände schaufelten Sand zusammen und schleuderten den Sand in mein Gesicht.

Ich sah nichts mehr. Warf den Gummiknüppel weg. Rieb mir den Sand aus den Augen. Und im nächsten Moment rammte mich ein Kerl, ein schwerer Brocken, und wir landeten im Dreck. Ein Schlagring riss mir die rechte Backe auf. Ich riss mein Knie hoch und traf den Kerl im Unterleib. Er rollte sich von mir runter, und ich versuchte aufzustehen. Aber dann traf mich ein Tritt in die Seite, und mir blieb die Luft weg.

»Na, du Arschloch, mit so was hast du nicht gerechnet, oder?«, knurrte eine tiefe Stimme. »Jetzt machen wir dich kalt! Jetzt ...«

Weiter kam die Stimme nicht. Neben mir klatschte etwas wie ein Sack Kartoffeln auf den Boden, und ich wurde in Ruhe gelassen.

Ich rieb mir wieder die Augen, und nach einer Weile sah ich klarer. Um mich herum lagen vier Punker verkrümmt am Boden. Zwei Kerle und zwei Mädchen.

Der Chef blickte grinsend auf mich herab. Der Elektroschocker wanderte von der rechten in die linke Hand. Dann streckte er mir seine Rechte entgegen.

»Komm, Kleiner, die Schlacht hat erst begonnen.«

26

ie *Schlacht* dauerte nicht allzu lange. Sie war schon nach ein paar Minuten wieder vorbei.

Ich brachte noch zwei Punks zur Strecke, die voll zugedröhnt waren und mit Betonteilen nach uns warfen. Sie waren nicht nur gut im Austeilen, sie waren auch gut

im Einstecken. Dem einen brach ich das Kinn, dem anderen die Kniescheibe. Aber das schien die beiden nur wenig zu beeindrucken. Ich musste sie noch eine Weile mit dem Gummiknüppel bearbeiten, bis sie endlich Ruhe gaben.

Ich tat es nicht gerne, aber ich hatte keine andere Wahl. Sie hätten mich ohne Weiteres plattgemacht.

27

Das Feuer knisterte, man hörte lautes Stöhnen und klagendes Wimmern.

Sechs City-Cleaner hatte es böse erwischt. Der Chef hatte bereits Rettungswagen herbeordert.

Die Punker waren übler dran. Ein paar lagen überall am Boden verstreut, Arme und Beine unnatürlich abgewinkelt wie Tote nach einem Bombenangriff.

»Hast dich gut gehalten, Kleiner«, sagte der Chef zu mir und klopfte mir auf die Schulter.

»Wie man's nimmt«, sagte ich, hielt mir eine Wasserflasche über den Kopf und wusch mir die Augen aus.

»Und? Äquatortaufe bestanden?«

»Ja, doch. Ganz passabel. Nimm das Wasser nicht nur für deine Augen. Deine Fresse ist voller Blut. Mach dich sauber, dann verpflastern wir dich.«

Ich blickte über seine Schulter und sah, wie auf einmal jemand von hinten auf ihn zuhumpelte.

Ein Mädchen. Eine Punkerin.

Als der Chef meinen Blick sah, drehte er sich um.

»Hab ich's mir doch gedacht!«, sagte die Punkerin. Sie hatte eine tiefe, dunkle Stimme. »Ich kenn dich doch, du verficktes Arschloch.«

ie hatte karottenrote Haare, die wie Stacheln von ihrem Kopf abstanden, ein rundes Gesicht und war kräftig gebaut. Aus ihrer Nase floss Blut, und sie zog ihr linkes Bein nach. Im Gegensatz zu ihren Kumpels schien sie die Schlacht aber ganz gut überstanden zu haben.

Vor allem schien sie jemand zu sein, der vor nichts Angst hatte. Ihre großen Augen starrten den Chef der City-Cleaner voller Verachtung an.

»Du bist doch das verfickte Arschloch, das überall nach seiner Tochter sucht.« Sie hielt ein schartiges Brotmesser so fest in der Hand, als wäre es ein Schwert.

Der Chef lächelte. Seine Augen verengten sich zu Schlitzen. »Keine Ahnung, wovon du sprichst.«

»Glaube schon, dass du weißt, wovon ich spreche. Arschloch! Du suchst doch seit Jahren nach deiner Tochter. Nach deiner lieben, kleinen Tochter. Nach deiner süßen Lisa.«

»Du erzählst nur Scheiße.«

Das Mädchen humpelte langsam und mit schiefem Grinsen im Gesicht auf ihn zu. »Tja, die süße Lisa. Was würdest du denn springen lassen, wenn ich dir sagen würde, wo deine süße Lisa steckt?«

»Halt's Maul.«

»Vielleicht kann ich ihr ja ein paar Grüße ausrichten. Soll ich ein paar Grüße von dir ausrichten?«

»Fresse!«

»Was zahlt denn der gute Papa für eine kleine Information? Wie wäre es, wenn ...«

Sie kam nicht weiter. Der Chef der City-Cleaner schlug ihr mit dem Elektroschocker das Messer aus der Hand, setzte ihr das Gerät an den Hals und servierte sie ab.

Als sie zuckend zu seinen Füßen lag, bückte er sich, packte sie an ihren roten Haaren, riss sie hoch und setzte erneut den Elektroschocker an.

»NEIN!«, hörte ich mich auf einmal rufen, rannte auf ihn zu, rammte ihn, und wir landeten beide auf dem Boden.

29

um ersten Mal erlebte ich den Chef, wie er seine Ruhe verlor. »DU DRECKSACK! DU MIESER DRECKSACK! Was bildest du dir denn ein, wer du bist?«

»SIE HAT GENUG!«

»Sie hat erst genug, wenn ich es sage.«

»Sie hat genug, habe ich gesagt. Es reicht!«

Wir richteten uns beide auf. Schwer atmend standen wir uns gegenüber.

»Du hast hier überhaupt nichts zu sagen.«

»Verdammt, es reicht!«

»Geh heim zu Mutti und heul dich aus.« Er leckte sich über die Lippen, ließ seine Schultern rotieren und stapfte auf mich zu.

Ich wusste, was gleich passieren würde.

Als er den Arm mit dem Elektroschocker hob, hämmerte ich ihm die linke Handkante in die Armbeuge, und als er sich verdutzt nach vorne neigte, traf ich ihn mit meiner Rechten am Kinn. Er taumelte zwei, drei Schritte zurück. Ich war schneller bei ihm, als dass er sich orientieren konnte. Ich schlug ihm in den Magen, und als er zusammenklappte, fuhr mein Knie hoch, und er flog mit ausgebreiteten Armen zurück und knallte mit dem Rücken auf dem Boden auf.

Ich drehte mich zu den anderen City-Cleanern um.

Alle starrten mich an.

Abwartend.

»Und?«, rief ich. »Habt ihr hier irgendwas zu sagen?«

Niemand sagte etwas. Sie schauten mich an wie das achte Weltwunder.

Von Weitem war die Sirene der Rettungswagen zu hören.

as, Kleiner, ist dein Todesurteil«, keuchte der Chef, als er sich langsam aufrappelte.

Er fiel immer wieder hin, kam dann auf die Knie und stemmte sich dann hoch. Er atmete schwer, und seine weißen Haare hingen ihm ins Gesicht.

»Ich hab da meine Zweifel!« Ich musste grinsen. Ich fand, dass es jetzt an der Zeit war, ihm zu zeigen, mit wem er es zu tun hatte.

ch machte meine Jacke und mein Hemd auf, öffnete den Gürtel an meiner Hose, riss dann das Abhörmikrofon mitsamt der ganzen Verkabelung von mir ab und zeigte es ihm.

»Mein Todesurteil! Dass ich nicht lache!«

Er starrte mich an. Er brauchte eine Weile, um das alles zu verdauen.

Dann verzerrte sich sein Gesicht zu einer Fratze. »Du verdammter kleiner Scheißer. Du willst uns also auffliegen lassen? Du Scheiß-Spitzel! Verrätst deine Kumpels.«

»Ich verrate keine Kumpels.« Ich drehte mich wieder zu den anderen City-Cleanern um. »Ich hatte heute

an meinem ersten Tag leider noch keine Gelegenheit, mich mit irgendjemandem anzufreunden.«

»Du bist ein scheißverdammter *Verdeckter Ermittler*«, keuchte der Chef.

»Stimmt! Ich bin ein scheißverdammter *Verdeckter Ermittler*!«

Der Chef wirkte auf einmal alt und gebrechlich. Er setzte sich auf einen Stück Mauerwerk.

Die anderen City-Cleaner waren unruhig geworden. Ich hörte, wie sie miteinander tuschelten. Einige wandten sich bereits ab.

»HALT«, rief sie der Chef zurück. »Hier verlässt niemand das Gelände. Ihr hängt alle mit drin. Alle. Ich denke, da sollten wir zusammenhalten. Vielleicht sollten wir unseren neuen Kollegen mal um diese modernen Gerätschaften bitten, die er uns so stolz präsentiert hat. Und dann sehen wir mal weiter.«

Auf einmal hatte es niemand mehr eilig zu gehen. Die City-Cleaner schienen sich die Sache durch den Kopf gehen zu lassen.

»Vielleicht«, fuhr der Chef fort, »sind diese Errungenschaften der modernen Nachrichtentechnik ja bei dem Kampf mit diesem Punker-Abschaum hier in Mitleidenschaft gezogen worden. Vielleicht machen wir uns ja ganz unnötig Sorgen.«

Ich schüttelte ungläubig den Kopf. »Leute, hört mal«, rief ich. »Macht die Sache nicht schlimmer, als sie schon ist.«

Aber der Chef hatte offenbar die richtigen Worte gefunden. Die Männer setzten sich langsam in Bewegung. Und zwar in meine Richtung, in ihren Händen hielten sie die Elektroschocker wie Schlagstöcke.

»Es sieht schon jetzt nicht gut aus für euch«, sagte ich und wich zurück. »Also hört mit dem Scheiß auf! Bleibt lieber stehen, wo ihr seid!«

Sie setzten unbeirrt ihren Weg fort.

In dem Moment trafen die Rettungswagen auf dem Firmengelände ein.

Sie waren nicht allein.

32

»ICH GLAUBE, ICH KOTZ GLEICH!« Der Mann mit dem Schmerbauch, den runden Schultern und dem runden, kahlköpfigen Schädel starrte mich mit wütenden Augen wie einen ungebetenen Gast an.

»Was zum Teufel habe ich dir gesagt, Ben? Was?« Der Kahlkopf hieß Heribert Stachau und war Hauptkommissar. Außerdem war er mein direkter Vorgesetzter, der Leiter der *Abteilung für Verdeckte Ermittlungen.*

Ich kam nicht ganz mit, was er meinte.

»Ben, du hast drei Jahre in der organisierten Kriminalität gearbeitet. Schutzgeld, Drogenhandel, Prostitution. Und davor zwei Jahre unter Neonazis. Du bist in den Sumpf gegangen, bist durch den Sumpf gewatet und hast im Sumpf gelebt! Du hast gute Arbeit geleistet. Hut ab. Du hast es geschafft, dich reinzuarbeiten, dich einzuleben, Vertrauen zu gewinnen.«

»Heribert!«

Er hob seine Hand, um mir das Wort abzuschneiden. »Ich bin noch nicht fertig. Ich habe eben gerade angefangen. Was ich sagen wollte, du hast die Arbeit geleistet, für die wir dich auch bezahlt haben. Du hast Opfer gebracht. Außer Frage. Das ist die Schattenseite bei den *Verdeckten Ermittlern.* Das Familienleben hat auf einmal Priorität zehn. Dann die Arbeitszeiten. Viel Nachtarbeit. Manchmal vierundzwanzig, sechsunddreißig Stunden am Stück auf der Achse. Da bleibt viel Pri-

vatleben auf der Strecke. Unterbrich mich, wenn ich was Falsches sage, Ben.«

»Heribert, ich ...«

»Schnauze! Wo war ich stehen geblieben? Ach ja – bei dem Privatleben. Du hast deine Ehe an die Wand gefahren. Du hast angefangen zu trinken. Nein, zu saufen. Du bist ein verdammter Alkoholiker geworden! Oder sag ich da was Falsches?«

Ich zögerte für einen Moment. Dann sagte ich: »Nein!«

Er nickte. »Das ist halt dummerweise passiert. Das ist traurig. Aber du wärst nicht der Erste gewesen, den wir wieder aus dem Sumpf heraus geholt hätten. Wir haben dir angeboten auszusteigen. Wir haben dir eine Entziehungskur angeboten. Aber was hast du gemacht? Du hast alles abgelehnt! Nach deinem letzten Job wollten wir dich eigentlich in Kur schicken. Oder in den Urlaub. Du warst ausgebrannt. Leer. Das hat jeder gemerkt. Das war unübersehbar. Aber nach einer Woche Urlaub kommst du bereits zurück und fragst uns nach was Ruhigem. Nach was Gemächlichem. Du willst kürzertreten. Das hast du uns doch erzählt, oder?«

»Stimmt!«

»Und wir, was denken wir? Wir denken: He, das hört sich doch alles verdammt gut an! Das ist doch ganz in unserem Sinne. Wir gehen also die Akten durch – und was sehen wir? Die ›City-Cleaner‹. Ein neues Start-up-Unternehmen. Sehr erfolgreich. Rennt bei allen Städten hier in Deutschland offene Türen ein. Aber die Arbeitsmethoden. Der Umgang mit den ... den Betroffenen. Da gibt es so Gerüchte. Nur Gerüchte. Also gibt es die Anfrage – von ganz oben – ob wir da nicht einen *Verdeckten Ermittler* zu den City-Cleanern schicken können. Es ist nicht so superbrisant. Man kann sich Zeit lassen. Viel Zeit! Es gibt noch andere, weit größere Probleme als die

City-Cleaner. Also – wer fällt uns da als möglicher *Verdeckter Ermittler* als Erster ein? Hm? Bingo! Unser Ben! Wie wäre es also, wenn wir ihn zu den City-Cleanern schicken? Irgendwelche Weltverbesserer, Amnesty International, die Caritas – all diese Gutmenschen haben es auf den Verein abgesehen, da sollten wir schon tätig werden. Und wer ist besser dafür geeignet, etwas über den Verein herauszubringen? Und zwar in der gebotenen Zeit, versteht sich. In der gebotenen Zeit!«

»Heribert ...«

»Noch nicht, Ben. Ich bin noch nicht fertig. Du hättest dich für ein halbes Jahr, was sage ich, für ein ganzes Jahr auf der faulen Haut ausruhen können. Du hättest dich zurücklehnen können. Aufzeichnungen machen, Notizen, lauter so Kleinkram halt. Du wolltest so was wie einen geregelten Tagesablauf. VERDAMMT, DU WOLLTEST DOCH SO WAS, ODER?«

»Ja«, brachte ich mühsam zwischen zusammengebissenen Zähnen hervor.

Stachau triumphierte: »Genau! Einen geregelten Tagesablauf! Und du hättest ihn gekriegt. Und zwar bei den City-Cleanern. Meine Fresse! Wann hast du zuletzt einen geregelten Arbeitsalltag gehabt? Wir präsentieren dir also einen Job, der maßgeschneidert auf deine ganz persönliche Situation ist. Und was machst du daraus?«

Er schaute zu Boden und schüttelte den Kopf. Dann starrte er mir in die Augen und schüttelte wieder den Kopf. »Du lässt den ganzen Laden auffliegen. Am ersten Tag. Man muss sich das mal vorstellen! Man kann das gar nicht glauben! AM ERSTEN TAG! Lässt sich verkabeln und schlägt gleich in der ersten Nacht den Chef der City-Cleaner zusammen. Und schreit es in die ganze Welt hinaus, dass er ein beschissener, kleiner Ermittler ist!«

Mir war verdammt kalt. Das waren keine Atemwolken, die von mir aufstiegen, das waren Dampfwolken.

»GEHT ES VIELLEICHT NOCH ETWAS DÄMLICHER?«

»Heribert, ich ...«

»Halt die Schnauze!« Er rieb sich sein Kinn und sah angewidert weg. »Gleich am ersten Tag lässt er die Bombe platzen. Wo gibt es denn so was?«

»Ich hab alles auf Band«, sagte ich. »Dass die City-Cleaner alle Gefangenen mit Elektroschocks fertigmachen. Dass sie sie abtransportieren an die Grenze. Dass ihnen scheißegal ist, ob jemand draufgeht. Dass heute Nacht der Chef hier mindestens einen Menschen umgebracht hat. Und wenn das Mädchen dort drüben nicht versorgt wird, stirbt auch sie.«

»Wer? Die Kleine da?«

»Ja!«

»Ja und? Was kümmert dich das?«

Ich dachte, ich hätte mich verhört. »Ich versteh dich nicht ganz.«

»Was geht dich diese Rumtreiberin an? Hm? Was geht dich dieses Wrackteil an? Was bist du denn auf einmal für eine verdammte Memme geworden?«

»Das ist kein Wrackteil, das ist ein Mensch, Heribert!«

»Ein Mensch? Ach so! Was bist du denn auf einmal so zartbesaitet geworden? Du hast dich doch früher als *Verdeckter Ermittler* nie so etepetete gegeben. Da hast du doch selbst ganz ordentlich zugelangt, wenn es sein musste! Da sind doch so manche Knochen zu Bruch gegangen – einfach so – wenn ich mich recht erinnere.«

»Heribert! Das hier sind keine Mafia-Typen und keine Neonazi-Verbrecher!«

»Stimmt. Das ist *nur* Müll. Das sind Läuse im Pelz der Gesellschaft. Wir brauchen dieses Ungeziefer so dringend wie Warzen auf der Fußsohle. Und weißt du was? Sie werden täglich mehr. Liest du Zeitung? Guckst

du fern? Immer mehr Illegale und Wirtschaftsflüchtlinge dringen in unsere Städte vor. Da hilft kein gutes Zureden mehr! Dagegen muss man was machen. Dieses Pack muss weggekärchert werden. Und zwar rechtzeitig! Jetzt! Und ohne Rücksicht auf Verluste! So einfach ist das!«

»Heribert! Du sprichst von Menschen!«

Heribert Stachau ging rüber zu dem Mädchen, das verkrümmt am Boden lag und um das sich immer noch kein Notarzt gekümmert hatte. Er blickte gelangweilt auf das Mädchen hinab, zog dann seine Dienstwaffe, entsicherte sie, zog den Verschluss zurück und erschoss sie.

»Das ist jedenfalls kein Mensch mehr. Das ist irgendwas, was jetzt auf den Kompost gehört.«

Mir wurden auf einmal die Knie weich.

33

»Du lässt uns keine andere Wahl«, sagte Stachau.

Mir war speiübel. »Ihr kommt nie damit durch! Nie!«

»Du blickst es einfach nicht, Kleiner«, sagte auf einmal der Chef der City-Cleaner. »Du blickst es einfach nicht!« Er hatte sich wieder gefangen und übte gerade das aufrechte Stehen. Er hatte seine Fäuste in die Hüften gestemmt. »Ich hab es dir ja schon mal gesagt: Wir sind die Exekutive. Wir sind hier zuständig für die Ordnung! Nicht mehr und nicht weniger! Das ist so gewollt, und das ist auch gut so. Das ist unser Job.« Er sah hinüber zu den Notärzten und Sanitätern, die die verletzten City-Cleaner verarzteten.

Die anderen City-Cleaner, die nicht so schlimm dran waren, begannen bereits, die Punks einzusammeln und sie in die Transporter zu werfen.

Der Chef wandte sich wieder mir zu. »Hier wird jetzt richtig aufgeräumt. Alles geht seinen geregelten Gang. Alle kommen weg. Das ganze Geschmeiß! Alles, was stört, muss weg! Und natürlich musst auch du weg! Du bist hier überflüssig. Lästig. Ein Ärgernis. Du bist eine Schande für diese Stadt!«

»Eine Schande für diese Stadt?« Ich starrte ihn an – und dann Stachau. Ich brauchte eine Weile, bis ich langsam durchblickte. »Ihr habt gar nicht vorgehabt, die City-Cleaner ernsthaft beobachten zu lassen«, sagte ich zu ihm. »Ihr habt das Ganze nur als Alibi-Veranstaltung durchziehen wollen.«

Stachau zuckte mit den Achseln. »Die Politik ist sich diesmal ausnahmsweise mal einig. Die Parteien sind mehr oder weniger vernünftig geworden, Ben. Alle wissen, was die Uhr geschlagen hat. Bis auf ein paar wenige Moralapostel. Und dummerweise haben die auch gute Connections zu den Medien. Und die Medien sind scharf auf Storys, wo Leute verprügelt werden.«

»Und getötet!«

»Das muss ja niemand erfahren«, sagte Stachau.

»Das wird auch niemand erfahren«, sagte der Chef der City-Cleaner und klemmte sich einen Zahnstocher zwischen die Zähne.

»Ich sollte also von Anfang an nur ein *Scheiß-Alibi-Verdeckter-Ermittler* sein«, sagte ich. »Mehr nicht.«

»Nun, Ben«, sagte Stachau, »du wolltest einen ruhigen Job. Und wir haben dir einen auf einem Tablett angeboten. Ein bisschen körperliche Arbeit, die ganzen kaputten Leute in die Transporter werfen, aber das war es dann auch. Aber du hast es verbockt. Auf der ganzen Linie verbockt. AM ERSTEN TAG VERBOCKT!«

»Und was nun?«

Stachau und der Chef der City-Cleaner blickten sich an. Dann strich sich der ›Fürst der Finsternis‹ seine

weißen Haare nach hinten, nahm den Zahnstocher aus dem Mund und machte eine lässige Armbewegung in Richtung seiner Leute.

»He, Leute, zeigt dem jungen Mann mal, was eure Elektroschocker so drauf haben!«

Tja – und das taten sie dann auch!

Gerd Rödiger

BLOCK G

1

Mein Block

Die Mauern waren grau. Das Grau ähnelte dem Asphalt der Straße, die zu dem Gefängnis führte. Sie war alt und voller Rillen und Schlaglöcher. Unser Bus schien keines davon auslassen zu wollen. Das Industriegebiet, zu dem die Straße einst geführt hatte, existierte nur noch als Ansammlung leer stehender Ruinen. Der Staub, der sich am Straßenrand angesammelt hatte, schien hundert Jahre alt zu sein, und die Busfenster schienen ihn magisch anzuziehen. Wir waren zehn oder zwölf Männer, die müde durch die schmutzigen Scheiben in die schmutzige Landschaft starrten.

Der Fahrer grüßte den Wachmann und passierte die äußere Grenze des weitläufigen Geländes. Ich saß in der letzten Reihe und blickte durch die Heckscheibe, die fast völlig von den hohen Außenmauern ausgefüllt wurde. Nur allmählich wurden sie kleiner. Zwischen ihnen und dem eigentlichen Gebäudekomplex lagen über hundert Meter. Hundert Meter freie Sicht von den Wachtürmen aus. Hundert Meter freies Schussfeld.

Wir parkten vor der nächsten Mauer und legten die letzten Meter zu Fuß zurück. Das Grau der Türen und des großen Tores unterschied sich von dem der Wände. Es war heller und erinnerte an die Farbe von kranken

Mäusen. Mäuse und Ratten, denen man in Laboren so lange Gift gegeben hatte, bis ihnen das Fell büschelweise ausfiel. Die Türen waren lange nicht mehr gestrichen worden.

Wir stellten uns in einer Reihe auf; ich stand vorne. Die anderen rauchten noch eine Zigarette, tauschten ein wenig Tratsch aus oder versuchten sich anders zu drücken. Die Klappe in der Stahltür öffnete sich und gab ein kleines, vergittertes Fenster frei. Das Gesicht eines Wärters erschien. Es grinste.

»Na, da ist ja unser Ausbrecher wieder! Wie hat dir der Freigang gefallen?«

Ich wäre in diesem Augenblick lieber an jedem anderen Ort der Welt gewesen. Über mir hing eine der unzähligen Überwachungskameras. Ich stellte mir vor, was für ein trauriges Bild sie aufzeichnete: das Bild eines gebeugten Mannes in zerknitterter Straßenkleidung, der mit einem Bündel Wäsche unter dem Arm darauf wartete, dass sich die mausgraue Tür öffnete. Ich rang mir ein Lächeln ab.

»Mir sind die vielen Leute auf die Nerven gegangen, die überall frei rumlaufen dürfen. Da hab ich Heimweh bekommen.«

Ein Summer ertönte, und die schwere Tür glitt zur Seite. Der Wärter grinste noch immer. Wir reichten uns die Hände, dann zögerten wir. Schließlich umarmten wir uns und klopften uns gegenseitig auf die Schultern, als ob wir alte Freunde wären.

Wir folgten einem langen Gang, der auf der linken Seite zum Hof hin offen war. Um diese Uhrzeit war dieser beinahe leer. In einer Ecke standen ein paar Wärter, die vor Dienstbeginn noch einen Kaffee tranken, rauchten oder einfach nur ihren eigenen Gedanken nachhingen. Auf der gegenüberliegenden Seite befand sich das Filmteam eines Fernsehsenders, das den Sonnenaufgang

zwischen den Wachtürmen filmte. Ein beliebtes Motiv. Und eine beliebte Einnahmequelle für das Gefängnis. Das Fernsehen bezahlte gut, wenn es die passenden Bilder bekam. Der Direktor sorgte für gewöhnlich dafür, dass sie auf ihre Kosten kamen. Die Medien waren ihm stets willkommen, auch wenn er selbst meist jemanden vorschickte, der Fragen beantworten oder Führungen veranstalten musste. Er habe viel zu tun, sagte er, und er sei nicht besonders eitel. An guten Tagen wollte ich ihm glauben.

Der Uniformierte stoppte vor einer Tür. Er schob einen klobigen Schlüssel in das Loch und drehte ihn knirschend um. Er ließ mich vorgehen. Der Raum roch nach der Umkleidekabine einer Schulsporthalle. Ich warf mein Wäschebündel auf den Tisch und begann, mich umzuziehen. Die blaugraue Uniform schien enger geworden zu sein, seit ich sie vor vier Wochen ausgezogen hatte. Ich stellte mich vor den Spiegel und betrachtete angewidert die Werbeaufnäher, die inzwischen fast die Hälfte der Uniform bedeckten. Sie waren auf unsere sehr spezielle Zielgruppe zugeschnitten und warben nur für Produkte, welche die Gefangenen erwerben durften. Hauptsächlich Tabakfirmen und Nahrungsmittel.

»Und, Max, wie war die Fortbildung? Alkohol bis in den Morgen und ausschlafen in den Seminaren?«

Ich seufzte.

»Diesmal nicht. Wir hatten ein straffes Programm. Mitarbeiterführung, Psychologie und Technik, Technik, Technik. Ralf, ich sage dir, ich komme mir vor wie ein Ingenieur und nicht wie ein Gefängniswärter.«

Ich sah mich noch einmal in dem stickigen Zimmer um. Zehn Jahre lang hatte ich mich hier jeden Morgen in meine Uniform gequält und sie mir abends wieder vom Leib gerissen. Das war nun vorbei. Ich hatte mich für Block G qualifiziert. Anfangs war es mir vorgekommen,

wie das große Los zu ziehen. So war es uns auch verkauft worden.

Block G war von außen betrachtet zunächst nur ein neuer Gebäudekomplex. Er sollte mehrere Hundert weitere Gefangene aufnehmen. Block G war aber nicht nur ein Gebäude, es war auch ein Konzept. Es sollte die Lösung für Probleme sein, die uns der inzwischen vollständig privatisierte Strafvollzug bescherte. Technisch, organisatorisch und betriebswirtschaftlich ein neuer Ansatz und generell der große Wurf. So sagte man. *Man* – das waren in erster Linie Politiker und Investoren. Die einen hatten den Weg dahin geebnet, die anderen sich darauf gestürzt wie Hyänen auf eine sterbende Kuh.

Ich persönlich war mir inzwischen nicht mehr sicher, ob der Wechsel zu Block G für mich eine Verbesserung darstellen würde.

Ralf und ich reichten uns noch einmal die Hände, dann trennten sich unsere Wege. Er würde weiterhin hier bleiben und die Insassen betreuen, die unter den gesetzlichen Bestandsschutz fielen. Die uninteressanten »Kunden«. Ein wenig beneidete ich ihn und hätte gerne mit ihm getauscht. Ihm ging es vermutlich ähnlich.

Die Gefangenen waren um diese Uhrzeit noch alle eingeschlossen. Die morgendliche Stunde wurde für gewöhnlich dafür genutzt, sich einzelne Insassen herauszupicken, ihre Zellen zu durchsuchen oder ihnen eine andere Sonderbehandlung zukommen zu lassen. Oder, wie heute, um neue Kollegen einzulernen. Ich war auf der Suche nach einem von ihnen, der mich nach Block G begleiten sollte. Ich blickte nach oben. Im Stockwerk über mir schloss gerade ein junger Wärter eine Zellentür auf. Ich kannte den Einwohner dieser Zelle. Sein Name war Herbert. Er war über sechzig Jahre alt und hatte ungefähr zwei Drittel seines Lebens in diversen Gefängnissen ver-

bracht. Die letzten zwanzig Jahre davon in unserer Anstalt. Er war ein ruhiger, freundlicher Mann mit eingefallenen Wangen und einem gebeugten Gang. Ein Fossil, von denen es hier nicht wenige gab. Der junge Wärter trat einen Schritt zurück und ließ seinen Blick über die Gänge schweifen. Das war ein Fehler. Herbert kam mit ausgestreckten Armen aus der Zelle gestürmt und schubste den armen Anfänger über das Geländer. Ich konnte die Todesangst in seinen Augen sehen, und vermutlich jeder hörte den markerschütternden Schrei. Ich seufzte und machte mich daran, die Stufen zum nächsten Stockwerk zu erklimmen. Sport hatte leider nicht zu meiner Fortbildung gehört, und so schnaufte ich, als ich oben ankam.

»Herbert, Herbert, Herbert. Was machen wir nur mit dir?«

Er lächelte mich unschuldig an.

»Das wissen Sie doch. Sie schließen mich wieder ein!«

»Du spekulierst doch wohl nicht darauf, in eines der neuen Einzelhaftappartements in Block G verlegt zu werden? Mit eigenen Möbeln, großem Flat-Screen-TV und dem anderen Schnickschnack?«

»Quatsch. Was soll ich damit? Es war einfach mal wieder Zeit.«

»Und dir fällt keine andere Möglichkeit ein?«

Er zuckte mit den Schultern, trottete in seine Zelle zurück und wartete, bis ich die Tür wieder verschlossen hatte.

Ich beugte mich über das Geländer. Der junge Wärter war in den Fangseilen gelandet, die netzförmig in jedem Stockwerk gespannt waren.

»Kommen Sie rüber, junger Mann, ich helfe Ihnen.«

Er hangelte sich die Seile entlang. Zunächst noch ein wenig unbeholfen, dann mit zunehmender Sicherheit.

»Macht er das öfters?«

»Ja. Leider. Herbert hat fast sein ganzes Leben als Gefangener verbracht. Selten wegen größerer Delikte. Eher, weil er unbelehrbar ist. Er ist kein böser Mensch. Aber er ist ein Sonderling, der sich nicht gut in der Gesellschaft zurechtfindet. Hier nicht und noch weniger draußen. Wenn er einen anderen Gefangenen angreift, verschafft ihm das ein paar Wochen Einzelhaft. Für einen Wärter bekommt er sogar ein paar Monate.«

»Könnte man ihn nicht dauerhaft in eine Einzelzelle verlegen?«

»Nein. Seine Einstufung ist zu niedrig. Er gilt nicht als Schwerkrimineller, daher bekommen wir für ihn nur die Grundsicherung. Und Einzelzellen sind teuer.«

Ich reichte dem jungen Wärter meine Hand und zog ihn über das Geländer.

»Ihr hättet mich wenigstens vorwarnen können! Ich habe mich fast zu Tode erschrocken! Ich hätte ja behaupten können, er hätte mich gestoßen!«

»Ja, klar, hätten wir machen können. Aber wo bleibt da der Spaß? Herbert ist immer die letzte Station bei der Grundausbildung. Bestanden, gratuliere!«

Er unterdrückte einen Fluch, dann grinste er. Ich mochte ihn. Wir brauchten hier Leute, die etwas abkonnten. Die Personaldecke war dünn, und die Hälfte meiner Kollegen bestand aus schlecht ausgebildeten und noch schlechter bezahlten Hilfskräften. Einige von ihnen konnten vermutlich dankbar sein, sich nicht auf der anderen Seite der Zellentüren wiederzufinden.

Anfangs hatten wir gehofft, dass die allmähliche Privatisierung des Justizvollzuges dazu führen würde, dass auch für das Personal mehr Geld zur Verfügung stünde. Uns war bereits damals bewusst, dass diese Hoffnung vermutlich ein wenig naiv war. Dennoch hatte niemand von uns voraussehen können, welche Blüten

dieser Unsinn treiben würde. Und wir hatten auch nicht das erwartet, was uns mit der Eröffnung von Block G bevorstand.

Wenn Geld investiert wurde, wurde es für gewöhnlich in Technik gesteckt. Neue Sicherheitstechnik war an sich keine schlechte Idee in einem Gefängnis. Allerdings fehlten mir die Worte, als die ersten roboterähnlichen Wärter Einzug hielten. Ich sah Präsentationen, die bewiesen, dass die Anschaffung der sogenannten PrisGuards sich nach nur wenigen Jahren amortisieren würde. Wenn man das Gehalt eines erfahrenen Wärters ansetzte. Und unterstellte, dass sie diesen ersetzen konnten. Ich betrachtete die Blechwächter, während der Vertreter der Herstellerfirma sich in immer großartigere Prognosen verstieg. Ihre Oberkörper waren Menschen nachempfunden und hatten die Form von anstaltsblauen Wärterhemden. Sollte die Farbe einmal wechseln, musste man sie vermutlich umlackieren. An beiden Seiten ragten je zwei Arme aus dem Rumpf, und in der Brust konnte eine Waffe installiert werden. Der Bewegungsapparat bestand aus zwei Kettenantrieben, die sie laut Werbung doppelt so schnell wie einen Menschen machten. Ich verkniff mir die Frage, wie sie mit den zahlreichen Treppen im Gebäude klarkommen würden. Vielleicht konnten die rollenden Blecheimer wenigstens hin und wieder einem Flüchtenden den Weg versperren und ihn festhalten. Die Präsentation schloss mit einer Lightshow, während der die PrisGuards wild zuckend tanzten. Ich kam mir vor wie in einem Science-Fiction-Film. Wie in einem Science-Fiction-Film aus den 50er Jahren.

BLOCK G

Block G war von Anfang an komplett auf die neuen Gegebenheiten ausgerichtet gewesen. Die neuen Gegebenheiten bestanden im Wesentlichen aus einer vollständigen Privatisierung unserer »Dienstleistung«. Ich hatte auf meiner Fortbildung genug darüber erfahren, dass ich es am liebsten wieder vergessen hätte.

Ich nahm den jungen Kollegen mit nach draußen, wo wir am Geländer lehnend rauchten und Block G betrachteten. Dessen Fassade ragte vor uns auf wie die Silhouette einer Bankzentrale. Der Block war fünf Stockwerke hoch, und seine zahlreichen Fenster reflektierten die Morgensonne.

»Schon mal drüben gewesen? Ich heiße übrigens Frank.«

»Max. Sieht innen aus wie 'ne Mischung aus Luxushotel und Finanzamt. Gehobene Einrichtung und viele Verwaltungs- und Technikräume. Mehr Kameras als in den alten Blocks. Und du musst alle paar Minuten den Kopf einziehen, damit dir nicht eine von den verdammten Kameradrohnen an den Schädel fliegt.«

»Schöne neue Gefängniswelt, was? Ich mag ja eigentlich Technik.«

»Ja, prima. Alles automatisiert, wenn es funktioniert. Du trägst die meiste Zeit eine Augmented-Reality-Brille und ein Headset. Du bekommst alle möglichen und unmöglichen Daten auf die Netzhaut gebrannt und in die Ohren geplärrt. Ist zum Teil eine echte Hilfe, aber vielleicht bin ich zu altmodisch. Oder einfach zu alt. Ich wollte dir jedenfalls nicht gleich zum Start den Spaß verderben.«

»Schon OK. Nach der Grundausbildung hat der sowieso schon etwas nachgelassen.«

Ich gab ihm einen Klaps auf die Schulter. Ob ich damit meine Verbundenheit mit ihm ausdrücken oder ihn motivieren wollte, überließ ich seiner Einschätzung.

BLOCK G

Wir drückten unsere Zigaretten aus und machten uns auf den Weg zu unserem neuen Arbeitsplatz. Die Sonne war endgültig aufgegangen, und wir warfen lange Schatten, während wir schweigend den Hof überquerten. Aus den Augenwinkeln sah ich, wie das Fernsehteam auf uns aufmerksam wurde und die Kamera auf uns richtete. Wahrscheinlich würden wir im Vor- oder Abspann einer seichten Pseudodokumentation durchs Bild latschen, unterlegt von dramatischer Musik.

2

Einbruch

Der Vormittag näherte sich dem Ende. Die wenigen Privatgespräche, die wir uns leisteten, drehten sich um das Mittagessen. Aber noch war einiges zu tun. Die neuen Gefangenen standen in einer langen Reihe an. Die meisten von ihnen trugen einfache Straßenkleidung, die sie nun ablegten. Sie wurde gewaschen, in Plastikbeutel verpackt, vakuumiert und dann weggeschlossen.

Frank trug eine Spezialbrille, die ihn aussehen ließ wie einen Frosch mit Tauchermaske. Mit einer UV-Lampe leuchtete er unsere neuen Kunden ab und suchte nach geheimen Gangzeichen. Ich notierte seine Funde und teilte die Gangmitglieder in die entsprechenden Gruppen ein.

Ein Arzt, der offensichtlich grobe Fehler in seiner Karriereplanung gemacht hatte und bei uns gelandet war, versah die Neuankömmlinge mit Chips, die ihnen unter die Haut eingepflanzt wurden. So konnten wir sie jederzeit lokalisieren und mit unseren Handscannern zweifelsfrei klären, wen wir da vor uns hatten und ob er sich in dem jeweiligen Bereich aufhalten durfte. Wir konnten ihnen sogar ferngesteuert leichte Stromstöße versetzen, wenn sie sich nicht den Regeln entsprechend verhielten. Eine frühere Generation der Chips war in der Lage gewesen, renitente Gefangene kurzfristig zu lähmen. Sie wurde letztes Jahr außer Betrieb genommen. Offiziell, weil dies die Menschenrechte verletzte. Tatsächlich hatte es Probleme mit der Stromversorgung gegeben. Die Akkus mussten ständig neu aufgeladen werden. Die Gefangenen verbrachten mehr Zeit in den Ladestationen als in ihren Zellen oder an ihren zugewie-

senen Arbeitsplätzen. Gelegentliche Fehlfunktionen, wie das Verursachen von Brandwunden, trugen ebenfalls wenig dazu bei, diesen Ansatz weiterzuverfolgen.

Einige der Neuen waren alte Bekannte und trugen bereits Chips unter der Haut. Diese wurden drahtlos mit einem Update versehen. Mich erinnerte es immer noch an die Armbänder, die man in bestimmten Ferienclubs ums Handgelenk gebunden bekam: Bei entsprechender Bezahlung hatte man das Anrecht auf Freidrinks, Flatrate-Fressen und bevorzugte Bedienung. Abzüglich der Drinks war es bei uns ähnlich. Die nötigen Anforderungen bestanden jedoch normalerweise nicht in Geldleistungen, sondern in einem möglichst hohen Konto, das man auf dem Kerbholz haben musste. Je mehr Verbrechen jemand begangen hatte, und je schlimmer diese waren, desto höher war die Einstufung. Desto höher waren auch die Anforderungen an die Verwahrung. Und die Summe, die der Staat jeden Monat unserer Einrichtung überwies. Je gefährlicher ein Verbrecher war, desto rentabler war er für uns.

Es entstanden Börsen, auf denen Gefangene gehandelt wurden wie Schweinehälften. Mit dem Unterschied, dass Schweinehälften nicht mitreden durften. Die Verurteilten wurden noch im Gerichtssaal nach ihrem Wunschgefängnis befragt. Je nach Einrichtung war es möglich, sich gewisse Annehmlichkeiten dazu zu kaufen, einige davon sogar auf legalem Weg. Block G lag weit vorne in der Gunst der Häftlinge.

Wie ihr Vorbild am Aktienmarkt lief auch diese Handelsplattform bald aus dem Ruder. An jeder Börse wird für gewöhnlich nicht der reale, aktuelle Wert gehandelt, sondern der, den man in der Zukunft erwartet. Für Unternehmen bedeutete das: zukunftsträchtige Produkte, Visionen und Strategien. Auf Verbrecher bezogen

lag der Fall anders. Kleinkriminelle, die zum ersten Mal ein schweres Delikt begangen hatten, waren beispielsweise interessant. Sofern sie eine schlechte Prognose hatten. Ein kriminelles, sozial schwaches Umfeld und eine entsprechende Persönlichkeitsstruktur bedeuteten, dass ihnen mit hoher Wahrscheinlichkeit eine Karriere als Gewohnheitsverbrecher bevorstand. Damit stieg ihre Einstufung. Fühlten sie sich am Ort ihrer Inhaftierung wohl, wollten sie später dort wieder untergebracht werden.

Es gab private Ratingfirmen, welche Prognosen für die Kriminellen erstellten. Sie engagierten Psychologen, Mathematiker, Banker, Anwälte und ehemalige Polizisten. Auch Gefängnispersonal war manchmal gefragt. Vor einigen Wochen hatte man mir das Angebot gemacht, nebenbei als unabhängiger Berater für eine dieser Firmen zu arbeiten. Die Bezahlung war reizvoll, aber es war noch nicht geklärt, ob eine solche Nebentätigkeit legal war. Wir waren seit einiger Zeit natürlich nicht mehr beim Staat angestellt, dennoch gab es noch so etwas wie gesetzliche Auflagen.

Block G bot seinen »Kunden« Einzelappartements, Bio-Kost, diverse Unterhaltungsprogramme und vieles mehr. Was zusätzlich hinter unserem Rücken gehandelt wurde, wollte ich lieber nicht wissen.

Der Eigentümer unserer Anstalt war eine potente Investmentfirma, die mit Immobilien und umstrittenen Finanzprodukten viel Geld verdient hatte. Es gab das Gerücht, dass die Mafia ihre Finger mit im Spiel hatte, aber bewiesen wurde das nie. Der Betrieb von Gefängnissen war sicherlich eine wunderschöne, ironische Möglichkeit, Geld aus schmutzigen Geschäften zu waschen. Ich hielt es für möglich, versuchte aber, nicht zu viele Gedanken an diese Möglichkeit zu verschwenden. In wenigen Wochen sollte die Firma an die Börse gehen,

dann wäre sie ohnehin in der Hand von Irren und Kriminellen.

Block G überbot häufig die anderen Anstalten, wenn es darum ging, besonders schwere Jungs an Land zu ziehen. Bereits wenige Wochen nach der Eröffnung hatten wir ein buntes Sammelsurium von dunklen Gestalten versammelt. Die übelsten Verbrecher wurden angeliefert wie frische Trüffel, und der Direktor selbst überwachte häufig die Ankunft besonders schlimmer Finger. Wenn auch meist nur am Bildschirm in seinem Büro. Natürlich hatte er nur den zu erwartenden Geldregen und seine Provision im Auge. Manchmal tauchte er jedoch persönlich auf und schien sich kaum davon zurückhalten zu lassen, einem Serienvergewaltiger zur Begrüßung um den Hals zu fallen. Manche sagten, er sei früher einmal im Hotelgewerbe tätig gewesen, aber niemand konnte es jemals bestätigen. Wir wussten nur wenig über ihn. Die meisten waren froh, wenn sie nichts mit ihm zu tun hatten. Als Block G geplant wurde, hatten die Eigentümer ihn aus dem Hut gezaubert. Er war zunächst nur als »Division Manager« von Block G vorgestellt worden. Es dauerte aber nicht lange, bis unser alter Chef mit einer großzügigen Zulage zum Vizedirektor degradiert wurde und Rick den Laden komplett übernahm. Da Rick scheinbar niemals Urlaub nahm oder krank war, blieb unser alter Chef die meiste Zeit zu Hause und geriet regelrecht in Vergessenheit.

Rick war noch relativ jung. Ich schätzte ihn auf Ende 30. Er war Amerikaner, und er bestand darauf, dass man ihn mit seinem Vornamen ansprach. Er lachte viel und pflegte einen lockeren Umgangston. Man musste jedoch nicht Psychologie studiert haben, um zu wissen, dass man bei ihm vorsichtig sein musste. Immerhin kannte er sich in der Organisation von privatwirtschaftlich geführten Gefängnissen aus.

In den USA waren die meisten Anstalten bereits vor vielen Jahren privatisiert worden. Die dortigen Modelle dienten Block G als Blaupause. Ein weiterer Pluspunkt bei Rick war, dass er sehr gut Deutsch sprach. Er sei als Soldat einige Jahre in Deutschland gewesen, hieß es. Immerhin wusste Rick, dass man nicht alles aus den USA eins zu eins übertragen konnte. Zumindest nicht sofort.

Eine Sirene riss mich aus meinen Gedanken. Blaue Lampen leuchteten auf, was bedeutete, dass jeder Mann gebraucht wurde. Wir legten Scanner, Keyboard und Wäschehaufen beiseite und zogen unsere Dienstwaffen. Die neuen Gefangenen komplimentierten wir samt einigen PrisGuards in einen Nebenraum. Im Laufschritt eilten wir zum nächsten Ausgang. Nur wenige Zentimeter über unseren Köpfen flogen Kameradrohnen. Der Wind, den sie produzierten, wehte uns beinahe die Mützen von den Köpfen. Wir durchquerten den Personalbereich und sammelten im Vorbeirennen ein paar Kollegen aus den Pausenräumen ein. Die Spitze bildete Wolfgang, unser bester Läufer. Frank folgte mir. Hinter uns reihten sich mehrere Kollegen ein. Frank war ein guter Schüler und mir in vielen technischen Dingen weit voraus. Aber er hatte noch viel zu lernen.

»Wo laufen wir hin?«

»Achte auf die blauen Lampen an der Decke! Es sind Bänder aus Leuchtdioden, sie weisen uns den Weg zu der Tür, die den Alarm ausgelöst hat. Setz dein Headset auf, wirf die blöde Froschbrille weg, und setz deine richtige auf!«

Er trug noch immer die UV-Brille, die er nun in hohem Bogen in Richtung der Kleiderhaken warf. Das Band verfing sich an einem freien Haken zwischen zwei Uniformjacken und blieb hängen.

»Volltreffer!«

»Zufall!«

Er winkte mit der einen Hand ab, während er sich mit der anderen nacheinander das Headset und die AR-Brille aufsetzte. Das alles in vollem Lauf. Er war ein echter Gewinn für unsere Abteilung.

»Detaillierte Anweisungen kommen über das Headset, sobald die Zentrale die Aufnahmen der Überwachungskameras ausgewertet hat. Der vermutete Zielort und der kürzeste Weg dorthin werden dir eingeblendet. Bis dahin folgen wir dem blauen Licht und hoffen, dass am Ende keine böse Überraschung auf uns wartet.«

Ein Code Blue war eine heikle Angelegenheit, weil sie immer noch relativ neu für uns war. Wir fanden das Problem recht schnell. Offensichtlich hatten mehrere schwere Jungs den Wagen eines Lebensmittel-Lieferanten gekapert, wie uns eine freundliche Frauenstimme über die Headsets zuraunte. Wir fanden eine Tür im Küchenbereich, die mit einer kleinen Sprengladung geöffnet worden war. Wolfgang eilte nach draußen, um die nähere Umgebung zu sichern. Scheinbar aus dem Nichts erschienen zwei Arme und mähten ihn nieder. Zwei PrisGuards, welche von der Sprengung angelockt worden waren, hatten sich dort postiert, um Flüchtende aufzuhalten. Sie erkannten ihren Irrtum und reichten dem Niedergeschlagenen ihre Metallhände, um ihm aufzuhelfen. Wolfgang verzichtete darauf. Ohne ein Wort der Entschuldigung nahmen die Roboter daraufhin wieder ihre Plätze ein.

»Was würden wir nur ohne diese Blechaffen machen?«, fragte einer der Nachzügler.

»Feiern! Zwei Tage und Nächte lang.«

Wolfgang war erst kürzlich von einer anderen Anstalt zu uns gewechselt und hatte noch gewisse Anpassungsschwierigkeiten. Was ihn mir zunehmend sympathischer machte. Wir setzten die Suche fort. Im Inneren

natürlich. Ein Code Blue bedeutete, dass wir Eindringlinge hatten, keine Ausbrecher. Kleinganoven, die sich künstliche Chips mit hohen Einstufungen auf dem Schwarzmarkt besorgt hatten und nun versuchten, in den Genuss der Vergünstigungen von Block G zu kommen.

»Wir haben Einbrecher?«

Ich stützte mich auf meine Knie und rang nach Atem. Frank hatte seine Fäuste in die Hüften gestemmt und sah sich mich fragend an. Er atmete vollkommen ruhig. Manchmal ging er mir auch auf die Nerven.

»Zwei mögliche Kategorien.«

Ich richtete mich auf und versuchte so zu tun, als würde ich einen Augenblick nachdenken, während ich darauf wartete, dass sich mein Herzschlag etwas beruhigte.

»Entweder sind es Insassen der anderen Blocks, die noch ein mittelschweres Vergehen brauchen, um hier einziehen zu dürfen. Sie könnten auch etwas anderes anstellen, aber wenn sie hier einbrechen, können sie sich gleich ein wenig umsehen. Es kursieren die wildesten Geschichten, wie toll wir es hier haben.«

»Und die andere Kategorie?«

»Das sind beinahe richtige Einbrecher. Ausbrecher aus anderen Anstalten, die sich bei uns einnisten. Sie verstecken sich, so lange sie können. Irgendein dämliches Gericht hat mal entschieden, dass man eine Art Asyl beantragen kann, wenn man sich länger als zwei Tage in einem Gefängnis aufhält. Anwälte versuchen, daraus einen Präzedenzfall zu konstruieren.«

»Das Beste ist, wir schnappen sie schnell.«

»Das ist in jedem Fall richtig.«

Wir patrouillierten die Gänge entlang und öffneten eine Tür nach der anderen. Eine war von innen blockiert. Die Tür zur Küche. Die Stimme im Headset bestätigte unsere Vermutung.

BLOCK G

»Wir schalten um auf die Küchenkameras ... vier Mann haben sich dort verschanzt. Keine sichtbaren Waffen. Einige von ihnen halten kleine Metallgegenstände in Händen. Es sind ... Löffel. Positiv: eindeutig Löffel.«

Wir beschlossen, uns später zu wundern und traten die Tür ein. Wir stürmten zu viert hinein, und jeder von uns richtete seine Waffe auf einen der Männer. Die Anzüge mit dem Logo des Lebensmittel-Lieferanten passten ihnen unterschiedlich gut. Knöpfe waren abgeplatzt, und muskulöse Unterarme ragten weit aus den Ärmeln heraus. Sie hielten tatsächlich Löffel in ihren Händen und bedienten sich an einem Suppentopf. Wir forderten sie höflich, aber bestimmt auf, diese beiseitezulegen. Sie kamen unserer Aufforderung nach, nicht ohne noch ein letztes Mal aus dem Topf zu schöpfen und sich die Münder mit den zu kurzen Ärmeln abzuwischen. Das Essen war ausgezeichnet in Block G, aber bisher hatte noch niemand Sprengstoff benutzt, um an einen Teller Suppe zu kommen. Ich gab unseren Fund an die Zentrale durch, auch wenn man uns dort auf einem Dutzend Monitore sehen konnte, nachdem wir die Küchenhandtücher abgenommen hatten, mit denen einige Kameras abgedeckt worden waren. Bis die Kollegen vom Heimatabschnitt der Ausbrecher kamen, führten wir sie in eine Ecke mit schlechter Kameraabdeckung und ließen sie noch ein wenig von der Suppe kosten. Mit erheblicher Verspätung kam eine Kameradrohne aus dem Flur angerauscht und traf einen Kollegen am Hinterkopf, der im Türrahmen gewartet hatte. Er trat nach der torkelnden Drohne und fluchte lauthals. Es fiel uns nicht leicht, ein Lachen zu unterdrücken, aber in Gegenwart der Gefangenen mussten wir es.

Wir kehrten zurück in den Empfangsbereich und befreiten die Neuankömmlinge, um sie endlich fachgerecht wegzuschließen.

3
Der Umbruch

Am nächsten Morgen holten Frank und ich uns Kaffee und traten auf die Galerie. Es war ein verglaster Balkon, von dem aus man den Hof von Block G überblicken konnte. Der Innenhof war dem Garten des Schlosses Sanssouci nachempfunden worden, wie mir der Architekt stolz erzählt hatte. Wenn er auch ein wenig kleiner ausgefallen war, so hatte doch jeder Baum, jeder Fußweg, jedes Bänkchen seinen exakt bestimmten Platz. Ich verkniff mir damals zu fragen, ob auch die Grashalme nach einem bestimmten System ausgerichtet waren. Ich verkniff es mir, weil ich Angst vor der Antwort hatte. Der Anblick war aber wirklich schön. Lediglich die Mauern der angrenzenden alten Blöcke störten ein wenig. Ich persönlich mochte auch die Kameradrohnen nicht besonders, die über dem gesamten Hof kreisten. Das war Geschmackssache. Das Beste am Balkon war aber, dass er teilweise offen war und man dort rauchen durfte. Zahlreiche Kollegen hatten sich bereits versammelt und tauschten Geschichten aus. Wir gaben unsere Story vom Vortag zum Besten und erhielten höflichen Beifall. Einige ältere Kollegen schüttelten nachdenklich den Kopf.

»Ich habe noch nie in einem Gefängnis gearbeitet, wo Verbrecher hauptsächlich damit beschäftigt sind einzubrechen.«

»Das gab's früher auch, aber da haben sie nur ein Loch in die Mauer gesprengt, ein paar ihrer Kollegen mitgenommen und sind wieder verduftet.«

»Man könnte meinen, wir wären in 'nem verdammten Luxus-Hotel.«

»Sind wir doch eigentlich auch. Ich war letzten Monat auf Malle, das Hotel war ein Scheiß gegen das, was unsere Knackis hier bekommen.«

So ging es immer fort. Prinzipiell war ich ähnlicher Meinung, aber ich konnte es nicht mehr hören. Ich wollte gerade Frank am Ärmel packen und wieder an die Arbeit gehen, als mich ein Kollege ansprach.

»Max, gut, dass ich dich sehe! Du kennst doch den alten Herbert?«

»Wer kennt den nicht? Selbst Frank hat bereits seine Bekanntschaft machen dürfen.«

Frank lächelte gequält.

»Er ist abgehauen!«

»Wie? Aus seiner Zelle? Nachdem er sich zwanzig Jahre mit Händen und Füßen gewehrt hat, sie zu verlassen?«

»Du weißt es noch gar nicht? Man hat Herbert zwangsweise verlegt. Sein letzter Angriff auf einen Wärter« – er blickte kurz zu Frank – »war natürlich in seinen Akten vermerkt worden. Er hat Strafpunkte dafür bekommen. Und mit diesen hat er eine gewisse Zahl überschritten und sich für Block G qualifiziert, ob er wollte, oder nicht.«

Ich kannte Herbert. Er wollte nicht. Aber unsere Einrichtung war nun berechtigt, höhere Zuschüsse für ihn zu kassieren. Dafür musste er in den modernsten Teil verlegt werden.

»Drei Mann und ein PrisGuard waren nötig gewesen, um den Alten in seine neue Zelle zu bringen. Er hatte so lange getobt, bis wir ihm begreiflich machen konnten, dass jeder Widerstand sein Punktekonto nur unnötig weiter erhöhte und eine mögliche Rückkehr in seine gewohnte Umgebung noch unwahrscheinlicher werden ließ.«

Nun war er verschwunden. Die Nachricht war brandneu. Die nächste Stunde waren lediglich Routinearbeiten geplant, mit denen ich Frank getrost alleine

lassen konnte. Ich beschloss, mich diesem Fall persönlich anzunehmen.

Herberts neue Zelle war leer. Das war nicht ungewöhnlich, da er sich während des Tages relativ frei in Block G bewegen durfte. Die Tür seines Waschraumes war verschlossen, aber aus Sicherheitsgründen war sie nicht besonders stabil. Ein kräftiger Tritt des zuständigen Wärters hatte sie aus den Angeln gerissen. Auch der Waschraum war leer. Das Waschbecken, der Boden und auch ein Teil der gekachelten Wand waren voller Blutspritzer. Ich machte mir Sorgen. Herbert musste ernstlich verletzt sein. Vielleicht war es ein Selbstmordversuch gewesen. Das erklärte aber nicht, dass Herbert nicht in seiner Zelle war. Ich hatte noch nie von einem Selbstmörder gehört, der noch einen Spaziergang machte, während er darauf wartete, dass er verblutete. Ich aktivierte meinen inzwischen unvermeidlichen Scanner und checkte die Besuchsprotokolle der Zelle.

    In den letzten 24 Stunden hatte Herbert niemanden empfangen. In den meisten Bereichen der Anstalt konnte man die Signale der implantierten Chips orten. Ich empfing nichts. Entweder hielt sich Herbert in einem Funkloch auf, oder es gab ein anderes Problem. Ich scannte die gesamte Zelle und vergaß auch die Abwasserrohre nicht. Sie waren mit speziellen Filtern und Magneten versehen. Hätte Herbert versucht, sich seinen Chip operativ zu entfernen und das Klo hinunter zu spülen, wäre das registriert worden. Die Kameras hatten Herbert dabei erfasst, wie er seine Zelle verließ, aber offensichtlich hatten sie ihn irgendwo aus den Augen verloren. Es gab Bereiche, in denen die Übergabe von stationären Kameras zu den Drohnen nicht reibungslos funktionierte. Vor allem, wenn eine der Drohnen wieder einmal einen

technischen Defekt hatte. Ein alter Fuchs wie Herbert hatte die neuralgischen Punkte vermutlich schnell entdeckt.

Immerhin gab es kaum eine bessere Spur, als eine aus Blut. Herbert musste seine Blutung einigermaßen erfolgreich gestillt haben, aber bestimmt hatte er noch hier und da einen kleinen Tropfen verloren, den ein Spürhund würde erschnüffeln können. Ich rief die Hundestaffel und forderte auch einen Krankenpfleger an. Ich war zuversichtlich, dass im modernsten Gefängnis des Landes ein 68-jähriger Insasse nicht verloren gehen würde. Während ich auf die Unterstützung wartete, lehnte ich mich an das Geländer und beobachtete das Treiben. Die Insassen waren wieder eingeschlossen worden, was die übliche Vorgehensweise bei einem Ausbruch war. Die meisten akzeptierten dies nur murrend. In kürzester Zeit hatten wir uns eine Klasse von verwöhnten Knastbrüdern herangezogen. Auch wenn dies nur die privilegierteren Insassen betraf. Die restlichen kamen lediglich in den Genuss von mehr Überwachung und zusätzlichen Arbeitsstunden. Je krimineller man sich verhielt, umso besser hatte man es später im Gefängnis. Nicht wenige meinten, dies sei mühelos auf die gesamte Gesellschaft übertragbar.

Sollte Block G erfolgreich sein, würde es bald in jedem Gefängnis des Landes so aussehen. Vereinzelt sah man Anwälte, die ihre Klienten in den Zellen besuchen durften. Sie wurden nun von PrisGuards nach draußen eskortiert. Sie murrten nicht. Sie führten große, laute Monologe und drohten, gegen dies und jenes Klage zu erheben. Ich fragte mich, wer sich beschweren würde, wenn wir sie einfach einsammeln und in einem leer stehenden Seitenflügel von Block B einschließen und vergessen würden. Ich wünschte mir, rauchen zu dürfen, aber das war dem Personal im »Kundenbereich« leider nicht gestattet.

Der Krankenpfleger traf ein. Da es vorläufig nichts zu pflegen gab, stellte er seine Tasche ab und leistete mir am Geländer Gesellschaft. Ich hatte ihn ein paar Mal auf dem Hof getroffen. In der Raucherecke. Vermutlich hing er ähnlichen Gedanken nach wie ich, aber wir sprachen nicht.

Schließlich kam auch der Hundeführer mit einem Schäferhund. Dieser lahmte ein wenig. Der Hundeführer bemerkte meinen zweifelnden Blick.

»Das ist der einzige, der einsatzbereit ist! Die anderen haben anscheinend was Falsches gefressen.«

»Dann haben sie heute wahrscheinlich was aus der Personalküche bekommen statt Feinkost aus der Gefangenen-Cuisine.«

Der Krankenpfleger hatte sich zu uns gesellt. Ich wollte gerade antworten, als mein Headset loslärmte. Der Direktor rief an. Ausbrüche waren Chefsache.

»Glückwunsch! Saubere Arbeit!«

»Bitte?«

»Das ging schnell. Ist medizinisches Personal vor Ort?«

»Ja, sicher ...«

»Dann ist ja alles bestens. Richten Sie der Hundestaffel meinen Glückwunsch aus! Sauber! So muss das sein!«

Er legte auf.

»Der Chef lässt Sie schön grüßen«, sagte ich in das ratlose Gesicht des Hundeführers.

»Wegen was?«

»Das weiß ich auch nicht. Er hat sich angehört, als hätten wir Herbert schon gefunden. Sie haben ihn doch nicht etwa aufgespürt und vergessen, mir das mitzuteilen?«

»Nein! So ein Unsinn! Jeder verfügbare Mann sucht ihn. Die letzten Signale seines Chips kamen aus der Ge-

gend des Hundezwingers, aber dort war er nicht. Wir können einen Hund von einem Gefangenen unterscheiden!«

»Beim Hundezwinger? Einen Augenblick.«

Obwohl er einen Maulkorb trug, ließ ich den Hund an meiner Hand riechen und richtete ein paar beruhigende Worte an ihn, bevor ich mich an seinem Halsband zu schaffen machte. Ich fand sehr schnell, was ich suchte.

»Der Chip! Herbert hat ihn sich herausoperiert und an das Hundehalsband geheftet! Die Zentrale hat die Daten empfangen und so interpretiert, dass Sie Herbert gefunden und hierher gebracht haben! Was für ein cleverer Mistkerl!«

Wir mussten lachen.

»Und der Direktor hat sich nicht die Mühe gemacht, einen Blick auf die Monitore zu werfen, bevor er uns gratuliert?«

Mir blieb mein Lachen im Hals stecken, als ich daran dachte, dass ich den Direktor umgehend über meine Entdeckung informieren musste. Wobei ich *umgehend* eher großzügig auslegte. Ich hatte *noch* eine Idee. Heute schien mein großer Tag zu sein.

Wir ließen den Hund an den Blutspritzern in Herberts Bad riechen. Für einen Augenblick befürchtete ich, dass es ihm nun auch den Magen verdrehen würde. Nachdem er sich geschüttelt hatte, zog er aber an der Leine und folgte der Spur, die nur er wahrnehmen konnte. Hin und wieder schien er sie verloren zu haben, aber trotz aller Haken, die Herbert geschlagen hatte, war mir bald klar, wohin er wollte. So landeten wir schließlich an meinem alten Arbeitsort. Hier gab es keine Sensoren, welche die Insassen-Chips orten konnten. Und es gab keine offenen Zellen, Anwaltsbesuche frei Haus, Gesichtserkennung an der Zellentür oder anderen Schnick-

schnack. Hier gab es einfache Zellen mit einfachen Schlössern. Eines davon war aufgebrochen und notdürftig kaschiert wieder geschlossen worden. Hinter der Tür fanden wir Herbert, der erschöpft auf seiner alten Pritsche lag. Sein Handgelenk war von einem provisorischen, verkrusteten Verband bedeckt, aber die Wunde schien nicht mehr zu bluten. Herbert ließ es zu, dass sich der Krankenpfleger darum kümmerte.

»Bitte lasst mich hier! Ich will nicht wieder zurück!«

»Herbert, man hat es dir doch erklärt. Je mehr Unsinn du anstellst, umso länger dauert dein Aufenthalt in Block G!«

»Was habe ich denn angestellt?«

»Das meinst du doch wohl nicht ernst?«

Ich deutete auf den Verband und sah mich demonstrativ in der Zelle um, die seit seinem Auszug leer gestanden hatte.

»Ein Ausbruch bringt dir locker zehn Punkte mehr auf dein Konto. Auch ein gescheiterter Ausbruch.«

»Ein Ausbruch? Ich bin nicht ausgebrochen! Ich bin nur von einem Teil des Gefängnisses in einen anderen gezogen. Es war im Grunde nur ein Umzug. Ein Umbruch, gewissermaßen.«

Er lächelte und blickte uns mit seinem Hundeblick an, der ihm in seiner aktiven Laufbahn viele Türen geöffnet hatte. Vielleicht konnte man etwas für ihn tun. Ich würde ein gutes Wort für ihn einlegen. Vorläufig genügte es, eine Wache vor seiner Tür zu postieren, bis ein neues Schloss eingesetzt war. Und den Direktor zu informieren, dass wir den Flüchtling tatsächlich gefasst hatten. Wenn auch nicht so, wie er es vermutet hatte. Ein Vorteil der ganzen Sache war, dass ich einige Pluspunkte auf *mein* Konto bekommen würde. Nicht nur die Gefangenen wurden bewertet, sondern auch wir Wärter. Zuverlässigkeit und absolute Pünktlichkeit brachten alle paar

Jahre ein paar Punkte, ebenso regelmäßig positiv bestandene Fitnesstests. Direktor Rick ging mit gutem Beispiel voran. Bei den mehr oder minder freiwilligen Sportveranstaltungen stellte er seine körperliche Leistungsfähigkeit ein ums andere Mal unter Beweis. Er war fit wie ein Turnschuh, der frisch aus der Fabrik kam. Er schien nie zu schwitzen, aber das konnte auch an den Botox-Injektionen liegen, die er sich trotz seines beinahe jugendlichen Alters regelmäßig gönnte.

Umgesetzte Verbesserungsvorschläge brachten ein paar Punkte mehr. Offiziell galt vieles als Verbesserung, aber umgesetzt wurde nur, was Geld sparte. Oder mehr Geld einbrachte. Besondere Leistungen, wie einen entflohenen Gefangenen aufzuspüren, brachten ein paar Punkte mehr. Ich hasste diese Punktezählerei, aber sie hatte mich nach Block G gebracht. Und mein Bankkonto beschwerte sich auch nicht darüber.

4

Rick

Wir unterschieden uns nicht sehr von der Arbeitswelt außerhalb der Anstalt, wenn auch manches ein wenig zugespitzter war. Es gab sehr viele sehr schlecht bezahlte Jobs. Und nur wenige sehr gut entlohnte. Dazwischen war die graue Mittelschicht. Diese versuchte entweder, in die oberen Regionen aufzusteigen, oder kämpfte gegen den Abstieg an. Damit die Angst vor dem Abstieg nicht zu abstrakt wurde, zog man uns jeden Monat einige Punkte ab, wenn wir nichts Außergewöhnliches leisteten. Wer seinen Dienst nach Vorschrift verrichtete, landete nach kurzer Zeit als Aufseher in der Waschküche oder musste den Dreck der Hundestaffel wegmachen. So fanden sich stets genügend Freiwillige für Überstunden und ungeplante Zusatzaufgaben.

Die Insassen hatten auf eine gewisse Art mehr Sicherheit. Sie wussten, dass sie die kommenden Jahre ein festes Dach über dem Kopf haben würden – ein sehr festes. Ihre tägliche warme Mahlzeit war gesichert. Umsonst gab es das aber nicht. Auch die Gefangenen mussten arbeiten. Tütenkleben und Steineklopfen war vorgestern. Auch die Fertigung einfacher elektronischer Bauteile kam allmählich außer Mode, obwohl die Stundenlöhne noch immer knapp unter denen regulärer chinesischer Wanderarbeiter lag. Die Gewinnspanne war dennoch nicht berauschend. Nicht berauschend genug jedenfalls für unsere Eigentümer.

Man hatte schnell erkannt, dass Kriminelle in gewisser Weise auch Fachkräfte waren. Einbrecher waren Spezialisten für Sicherheitstechnik, Trickbetrüger meist gute Menschenkenner. Wirtschaftskriminelle waren seit

jeher kaum von ihren freilaufenden »Kollegen« zu unterscheiden.

In den alten Blocks waren die Gefangenen hauptsächlich in den Küchen und den Werkstätten beschäftigt. In Block G gab es stattdessen Büros, in denen unsere *Consultants* Strategien für Firmen ausarbeiteten. Wir betrieben Callcenter, in denen Spezialisten mit langjähriger Erfahrung Support für Softwarefirmen leisteten. Es würde mich nicht wundern, wenn wir demnächst auch Telefonseelsorge anboten. Die Tätigkeiten für die Gefangenen waren überwiegend sehr schlecht bezahlt. Stattdessen konnten sie sich dafür Vergünstigungen erhoffen. Gewisse Erfolge bei der jeweiligen Tätigkeit konnten sich im besten Fall in Haftverkürzung auszahlen. Und unter der Hand bekamen besonders qualifizierte Insassen auch Prämien.

Eine der lästigsten Erscheinungen in jüngster Zeit waren die allgegenwärtigen Kamerateams. Die TV-Sender, die ihre Kanäle mit vermeintlicher Knast-Realität füllten, waren schlimm genug. Aber sie waren nichts im Vergleich zu den Teams, welche die Eigentümergesellschaft selbst engagiert hatte. Für den Börsengang sollten einige peppige Werbeclips produziert werden, welche potenziellen Anlegern eine Investition in unseren Luxus-Knast schmackhaft machen sollten. Sie hatten Zugang zu so ziemlich allen Bereichen unserer Einrichtung. Diese PR-Reporter waren berechtigt, jede noch so dämliche Frage zu stellen. Und wir waren verpflichtet, diese zu beantworten. Da sie keine Journalisten waren, sondern Produzenten von Werbung, unterlag ihr Material immer der Endkontrolle der Eigentümer. Wir waren angehalten, auch negative Aspekte der Vollprivatisierung auf unsere Arbeit und Auswirkungen auf den Betrieb allgemein

anzusprechen. Nachdem die erste Sichtung derartigen Materials abgeschlossen war, verloren drei Kollegen ihren Job. Wir anderen achteten daraufhin ein wenig genauer auf das, was wir sagten. Ich persönlich entwickelte allmählich die Mentalität eines Baumarktmitarbeiters und lernte unauffällig zu flüchten, wenn eines dieser Kamerateams sich näherte.

Heute war es mir nicht gelungen, mich ihnen zu entziehen. Ich telefonierte gerade mit dem Direktor, als sie mich überraschten. Ein Kameramann in einer speckigen Lederjacke und eine junge »Reporterin« mit goldblonden Locken und einem fest ins Gesicht getackerten Dauerlächeln. Ich dachte kurz darüber nach wegzulaufen, aber Rick wollte detaillierte Informationen über den seltsamen Ausbruch, und ich wollte ihm nicht im Laufschritt antworten. Also nickte ich dem Kamerateam zu, setzte eine Art Lächeln auf und machte mich auf den Weg in die Höhle des Löwen.

Das Büro des Direktors war stark gesichert. Ich musste mich nicht nur mit meinem Ausweis identifizieren, sondern auch die Gesichts- und Iriserkennung über mich ergehen lassen. Manche sagten, das Büro des Chefs sei sicherer als so manche Zelle. Andere meinten, dies liege daran, dass er sich vor Angriffen seines eigenen Personals schützen wollte. Aber so schlimm waren wir gar nicht. Er war es übrigens auch nicht.

Die Tür öffnete sich, und die Sekretärin winkte mich durch. Nicht ohne einen abfälligen Blick auf das Kamerateam zu werfen, das mir an den Hacken klebte. Ich mochte sie.

Rick erwartete mich bereits. Er begrüßte mich lächelnd und versäumte es nicht, der Kamera ein besonders breites Grinsen zu schenken.

»Max! Kommen Sie herein und setzen Sie sich! Ich möchte Ihnen jemanden vorstellen! Die andere Sache klären wir später.«

Die andere Sache war Herbert und nicht für die Ohren meiner schmeißfliegenartigen Begleiter gedacht.

»Das ist Herr Dühmann von der Prisecur AG.«

Herr Dühmann stand auf, strich unnötigerweise sein ohne Zweifel teures Anzugjackett glatt und reichte mir seine feuchtwarme Hand. Ich lächelte ihn höflich, aber auch ein wenig ratlos an. Dühmann lächelte tapfer weiter, bis der Direktor uns erlöste.

»Die Prisecur AG ist eine Versicherungsgesellschaft. Sie ist neu am Markt und wird diesen mit innovativen, spannenden Produkten rocken!«

Ich unterdrückte ein Würgen. Ich bin ausgesprochen gut darin. Das ist vermutlich einer der Gründe, warum ich – wenn auch auf bescheidenem Niveau – Karriere machen durfte.

Wir setzten uns. Der Direktor verdunkelte sein Büro, und Dühmann startete eine Präsentation.

»Seit der Vollprivatisierung des Strafvollzugs hat es weitreichende Änderungen gegeben, die nicht nur den Anstaltsalltag betreffen, sondern auch Auswirkungen auf die Zivilgesellschaft haben!«

Er sah in die kleine Runde, als ob er auf Fragen wartete. Es kamen keine. Der Kameramann filmte so konzentriert, als ob uns gerade Bilder von der ersten Marslandung gezeigt würden.

»Ein Beispiel: Selbst bei vorbildlicher Lebensführung kann niemand sicher sein, nicht doch eines Tages mit dem Gesetz in Konflikt zu geraten. Stellen Sie sich einfach vor, es kommt zu einer Auseinandersetzung mit jemandem, den Sie nicht mögen. Alkohol ist im Spiel, Sie lassen sich provozieren, und im Affekt verletzen Sie Ihren Kontrahenten.«

Wieder machte er eine kleine Kunstpause. Ich nickte zustimmend, verriet Dühmann aber nicht, wer mir gerade als potenzieller Kontrahent durch den Kopf ging.

»Gerade als nicht gewohnheitsmäßiger Verbrecher bekommen Sie nur eine niedrige Einstufung, erhalten aber unter Umständen dennoch eine mehrjährige Haftstrafe.«

Das kam tatsächlich häufig vor. Um der Abschreckung Genüge zu tun, wurde heutzutage bei Gericht hart durchgegriffen. Aber bei Personen, bei denen keine weiteren Gewalttätigkeiten zu erwarten waren, konnte man auf die höheren Sicherheitsstufen verzichten. Das Gefängnis bekam nur den Mindestsatz und der Gefangene eine entsprechende Behandlung. Keine Vergünstigungen, kein Komfort. Nur das Mobbing durch die Mitgefangenen gab es gratis obendrein. Es hatte sich in letzter Zeit eine echte Mehrklassengesellschaft unter den Insassen gebildet. Das hatte es schon immer gegeben, aber die Privatisierung hatte dies verstärkt und legalisiert.

Dühmann wartete, bis sich jeder ausreichend Gedanken zu dem Thema gemacht hatte, dann fuhr er fort:

»Weiterhin haben auch Verbrecher Rechte. Diese gibt man schließlich nicht an der Gefängnistür ab. Zumindest nicht alle. Wir bieten auch bereits Verurteilten eine Police an – natürlich mit einem gewissen Aufschlag. Warum sollte man sich in einem Krankenhaus ein Einzelzimmer und besseres Essen leisten können, aber nicht in einer Vollzuganstalt? Dafür gibt es keine nachvollziehbaren Gründe.«

Mir fielen spontan ein Dutzend ein, von denen die meisten klar auf der Hand lagen. Ich behielt sie für mich, so wie ich auch meinen Job noch eine Weile behalten wollte. In Krankenhäusern konnte man sich mit den entsprechenden Versicherungen eine Behandlung durch den Chefarzt sichern. Ich fragte mich, ob sich unsere

BLOCK G

Insassen auch bald eine personelle Sonderbehandlung würden kaufen können. Wärter nicht mehr als Aufpasser und Wegschließer, sondern als Personal Assistants? Weibliche Models in den Männeranstalten und männliche in den Frauenanstalten? Ich sah mich bereits meine Uniform gegen eine Butler-Livree tauschen.

Rick strahlte über das ganze Gesicht, machte aber auch einen etwas ungeduldigen Eindruck. Er erhob sich und bedeutete Dühmann mit einer freundlichen, aber bestimmten Geste, dass er ab jetzt übernahm.

»In den USA ist das seit langem üblich. Es ist ein gutes Arrangement mit Gewinnern auf allen Seiten. Unsere Kunden kommen in den Genuss von zusätzlichem Service, die Versicherung bekommt langfristige Kunden, und auch die Anstalt kann mit der Vermittlungsprovision ein paar Löcher in der Finanzdecke stopfen. Natürlich müssen unseren potenziellen Kunden diese Finanzprodukte zunächst einmal erklärt und schmackhaft gemacht werden. Herr Dühmann und ich glauben, der Check-in wäre der perfekte Ort dafür. Ich bin froh, dass ich den richtigen Mann gefunden habe, um dieses Projekt umzusetzen.«

Ich erwartete, dass Rick Dühmann meinte, fand aber seinen Blick auf mich geheftet.

»Eine kleine Fortbildung am kommenden Wochenende, Max, dann sind Sie im Thema. Und Sie bekommen ein paar weitere Punkte auf Ihr Konto. Wenn mich nicht alles täuscht, erklimmen Sie damit die nächste Gehaltsstufe?«

Jetzt würde ich auch noch Versicherungen verkaufen. Würde ich nicht! Bestimmt nicht. Es sei denn, es blieb mir keine andere Wahl. Vielleicht gelang es mir, in den kommenden Wochen endlich einen anderen Job zu finden. Schade, eigentlich mochte ich meine Arbeit. Jedenfalls würde ich Rick meine Überlegungen zu diesem

Thema ein anderes Mal mitteilen. Frühestens, wenn das Kamerateam verschwunden war. Die »Reporterin« zog Dühmann zur Seite, um ihm weitere Fragen zu stellen. Bestimmt waren seine Ausführungen interessant für die Investoren. Ich berichtete währenddessen Rick von Hermanns Flucht und wie wir ihn wiedergefunden hatten.

»Soll ich das den TV-Leuten erzählen? Ist doch eine Erfolgsstory?«

Rick sah mich besorgt an.

»Nein, besser nicht. Sie haben das Problem zwar schnellstmöglich gelöst, aber das Thema eignet sich eher nicht für die Investoren. Es kommt in den besten Anstalten – und dazu gehören wir! – vor, dass jemand ausbricht. Aber wir müssen damit keine Werbung machen. Was Ihre Fortbildung betrifft, hier können Sie sich bereits einen kleinen Überblick verschaffen.«

Mit diesen Worten überreichte er mir einen Speicherstick. Er fühlte sich in meiner Hand an wie ein mehrere Kilo schwerer Stapel Papier.

5

Home Office

Eine anstrengende Woche ging zu Ende. Wir hatten einige Einbrecher erwischt und sogar einen selbst ernannten Umbrecher wieder eingefangen. Zahlreiche neue Insassen waren eingecheckt und untergebracht. Ich hatte eine »Fortbildung« und eine kleine Gehaltserhöhung in Aussicht. Dennoch empfand ich keine Befriedigung dabei.

Der Bus brachte uns in die Stadt zurück. Um mich herum saßen Männer mit müden Gesichtern, die mehrheitlich stumm ihren Gedanken nachhingen. Ein paar jüngere Kollegen unterhielten sich angeregt über die vermeintlichen Karriere- und Aufstiegschancen, von denen Rick gerne sprach.

Rick. Er ging mir nicht aus dem Kopf. Ich wusste, dass er nur derjenige war, der die Pläne umsetzte, welche die Investoren ausgeheckt hatten. Ermöglicht von einer Gesetzgebung, die im Wesentlichen darin bestand, dass sich der Staat allmählich von einer weiteren Verantwortung zurückzog. Aber Rick saß an der Schlüsselposition. Wenn man ihn ein wenig beeinflussen oder ihm einen kleinen Schubs in die richtige Richtung geben konnte, vielleicht entwickelte sich dann nicht alles zu völligem Irrsinn. Oder zumindest nicht so schnell.

Rick war schwer einzuschätzen. Er war im Ton stets verbindlich und höflich. Es schien ihm allerdings keine schlaflosen Nächte zu bereiten, wenn er Dutzende von Angestellten entließ, weil sie den gestiegenen Anforderungen nicht mehr gerecht wurden. Oder weil einfach ein paar Namen zu viel auf der Gehaltsliste standen. Er war ein Profi und kannte sich gut mit der Leitung einer modernen Anstalt aus. Das musste man ihm lassen. Er

war unangreifbar. Er war überhaupt schwer greifbar. Als er seinen Vorgänger ersetzte, recherchierten wir natürlich ein wenig, konnten aber keine Referenzen finden. Entweder war er zuvor in einer anderen Branche tätig gewesen, oder er hatte seinen Namen geändert. Eine beliebte Vermutung war, dass er ein deutsches Elternteil hatte und inzwischen den Nachnamen des anderen angenommen hatte. Aber das waren alles Spekulationen.

Der Bus hielt an einem Parkplatz, wo die meisten von uns in ihre Privatwagen umstiegen. Ich betrachtete einen Augenblick die Rostflecken auf meinem Auto, dann stieg auch ich ein und ließ den Motor an. Ich stellte das Radio laut, um auf andere Gedanken zu kommen, aber es fiel mir schwer. Ich kam nach Hause, ohne mich an die Fahrt erinnern zu können. Ich nahm mir vor, ein paar Bier zu trinken und abzuschalten. Selbst das gelang mir kaum. Spätestens als ich ein abgestandenes Bier statt in den Ausguss in den Mülleimer schüttete, wusste ich, dass ich mich am Riemen reißen musste.

Ich schob eine Speicherkarte in meinen Fernseher, die ich bereits vor Monaten aufgenommen hatte. Es war eine jener unseligen Pseudoreportagen, die vorgaben, den Gefängnisalltag dokumentieren zu wollen. Aus beruflichem Interesse sah ich mir gelegentlich eine von ihnen an. Meistens schaltete ich nach wenigen Minuten angewidert ab. Diese Aufnahme hatte ich einmal spätabends angesehen und war dabei sanft weg geschlummert. Mir war so gewesen, als hätte ich Rick gesehen, war mir aber nicht sicher. Ich hatte mir die Sendung einige Zeit später nochmals im Schnelldurchlauf angesehen, konnte ihn aber nicht entdecken. Da ich nichts Besseres zu tun hatte und meine Gedanken ohnehin noch hinter den Anstaltsmauern gefangen zu sein schienen, nahm ich einen erneuten Anlauf.

BLOCK G

Die Sendung war in einem Gefängnis in Texas aufgezeichnet worden. Es war bereits seit längerer Zeit voll privatisiert. Sie hatten sich einige besonders bösartige Leckerbissen für ihre Kunden einfallen lassen. Es ging bis zu einer Lotterie, bei der man seine Todesstrafe gegen eine lebenslange Haftstrafe tauschen konnte, wenn man dem Bericht glauben wollte. Ich hielt es für möglich. Ein Mittfünfziger mit grau melierten Haaren stolzierte vor der Kamera hin und her wie ein Gockel, während er mit halblauter Stimme Halbwahrheiten in sein Mikrofon raunte. Die Kamera wackelte mehr als nötig, machte vollkommen unmotivierte Schwenks und zoomte vollkommen unauffällige Gefangene heran. Hin und wieder wurden Statements vom dortigen Direktor und dem lokalen Staatsanwalt hinein geschnitten. So ging das eine volle Stunde. Die Werbeunterbrechungen waren beinahe interessanter als die Sendung selbst. Der Abspann lief, und ich war kurz davor, die Aufnahme zu löschen. Eine Stimme in meinem Hinterkopf hielt mich davon ab. Sie sprach undeutlich, aber sie ließ nicht locker. Ich spulte zurück und sah mir einige Szenen an, die mich so gelangweilt hatten, dass ich zum wiederholten Mal das Etikett auf meiner Bierflasche studiert hatte. Schließlich sah ich Rick. Bei dem konfusen Wirbel, den der Kameramann veranstaltete, war es kein Wunder, dass ich ihn nicht gleich gesehen hatte. Ich hielt das Bild an und vergrößerte den Ausschnitt. Er war es. Eindeutig. Er war ein paar Jahre jünger, trug die Haare länger und keinen maßgeschneiderten Anzug. Ich kannte ihn nur als Anstaltsdirektor, und es war eindeutig, dass er zu jener Zeit an jenem Ort eine andere Position bekleidete. Ich machte sicherheitshalber eine Kopie der Aufnahme und schloss sie weg.

6

Career Day

Ich hatte schlecht geschlafen. Die Welt fühlte sich kalt und grau an, noch bevor ich wie jeden Morgen in den Bus mit den schmutzigen Scheiben stieg. Ich hatte nun etwas in der Hand, mit dem ich einige Dinge ändern konnte. Ich war mir im Gegensatz zum Vorabend nicht sicher, ob ich das wirklich wollte. Da ich meine Unentschlossenheit kannte, hatte ich am Vorabend eine E-Mail an Rick geschickt, in der ich Anspielungen gemacht und um einen Termin gebeten hatte. Ich hatte noch ein paar andere Personen kontaktiert, aber das hatte ich Rick nicht auf die Nase gebunden.

Rick empfing mich, und aus seinem Gesichtsausdruck war nicht zu lesen, ob er beunruhigt war. Er bot mir einen Kaffee an, den ich ablehnte. Vielleicht rettete mir diese Entscheidung das Leben. Vielleicht war ich auch nur paranoid. Ich erzählte ihm von meiner Entdeckung.

»Ich möchte offen sein, Rick. Sie haben mich immer anständig behandelt. Ich habe eine Kopie an einen Freund geschickt.«

»Max, glauben Sie, ich werde Sie umbringen?«

Einerseits war ich froh, dass wir keine Zeit mit Small Talk vergeudeten, andererseits verblüffte mich Ricks Direktheit. Ich wusste nicht, was ich glauben sollte. Er stand vor mir, wie immer in einen maßgeschneiderten Anzug gekleidet. Makellos, mit einem Lächeln im Gesicht, das alles bedeuten konnte. Dann war da noch Rick auf der Aufnahme. Rick auf dem Gefängnishof. In Sträflingskleidung. In Ketten. Mein Blick glitt in Gedanken über das Standbild, das ich mir lange angesehen hatte. Lange, gegelte Haare, ein struppiger Bart. Das offene Hemd zeigte die Narbe einer schlecht behandelten

Stichwunde. Die Unterarme, die er hier stets bedeckte, waren übersät mit Tätowierungen. Altmodische Tinte-Tätowierungen, die man auch ohne UV-Brille sehen konnte. Rick als Gefangener.

Ich hatte letzte Nacht noch lange recherchiert. Das Gefängnis, in dem der Bericht gedreht worden war, gehörte nicht zu denen, in die man Taschendiebe und Schwarzfahrer einsperrte. Rick war ein richtig böser Junge gewesen. Jetzt stand er als Direktor einer großen deutschen Justizvollzugsanstalt vor mir. Ich glaubte nicht, dass dies das Ergebnis der amerikanischen Resozialisierungsprogramme war. Die genauen Zusammenhänge kannte ich nicht, aber das musste Rick nicht wissen.

»Die Reportage sollte jedem ernsthaften Journalisten als Anhaltspunkt genügen. Die restlichen Teile sind schnell zusammengefügt.«

»Sind sie das?«

Rick blickte mir gerade ins Gesicht. Vermutlich sah er, dass ich bluffte. Aber er wusste, dass der Bericht genügte, um ihn seine Karriere zu kosten.

»Was wollen Sie für Ihr Schweigen? Oder soll ich fragen: wie viel?«

Das war der größte Schwachpunkt meines Plans. Ich war der Meinung gewesen, ich müsse meinen Trumpf möglichst schnell ausspielen. Aber ich hatte weder eine Strategie noch ein konkretes Ziel. Während ich ein wenig ratlos herumstand, begann Rick die Schubladen seines Schreibtisches zu leeren. Erst befürchtete ich, er suche eine Waffe. Dann glaubte ich, er wolle mir gleich hier einen Vorschuss seines angebotenen Bestechungsgeldes geben. Als er immer mehr persönliche Gegenstände auf die Tischplatte stellte, begriff ich: Er packte seine Sachen.

»Was sehen Sie mich so ungläubig an? Max, ich bin kein Dummkopf. Ich hatte einen Plan, um hierher zu

kommen. Ich hatte nicht gedacht, dass es so reibungslos funktioniert. Ich habe auch einen Plan B. Mir war immer bewusst, dass mir eines Tages jemand auf die Schliche kommen würde. Es war nur eine Frage der Zeit gewesen. Jetzt ist es soweit. Ehrlich gesagt hätte ich erwartet, dass es viel früher passiert. Das wäre nicht so schön gewesen. Jetzt ist eigentlich der perfekte Zeitpunkt!«

Er steckte einige Unterlagen in einen bereitstehenden Rucksack. Dann nahm er das Telefon und wählte eine lange Nummer. Das Gespräch dauerte keine Minute. Obwohl er Englisch sprach, verstand ich kaum ein Wort. Diesen Slang hatte ich nie gehört.

Dann wandte er sich wieder mir zu.

»Ich bin in Deutschland geboren, habe aber die meiste Zeit in den Staaten verbracht. Einen nicht unwesentlichen Teil davon in Anstalten wie dieser. Ich habe noch gute Verbindungen zu einigen Kameraden dort.«

»Aber wie haben Sie es geschafft, hier Direktor zu werden?«

»Mit einer Mischung aus Unverfrorenheit und viel Glück. Dort drüben sind sie uns einige Schritte voraus. Viele Aufgaben werden überhaupt nicht mehr vom Personal erledigt, sondern von den Gefangenen. Ich war ganz gut darin, die Sicherheitspolicen zu verkaufen. Hätte ich mehr Zeit, ich könnte Ihnen ein paar wertvolle Tipps geben.«

Mit diesen Worten zog er seinen Mantel über. Er wirkte wie ein Geschäftsmann auf dem Weg zum nächsten Kunden. Wie jemand, der bald los musste, aber noch ein wenig Zeit für ein kleines Schwätzchen mit einem Kollegen hatte.

»Da ich mich im Gegensatz zu vielen anderen Kriminellen benehmen kann, hat man mir gewisse Freiheiten gewährt. Nicht aus Menschenfreundlichkeit, wie Sie sich denken können. Ich sollte unter anderem Versicherungen verkaufen. Was ich auch getan habe. Das hat

lange Zeit recht gut funktioniert, zum beiderseitigen Nutzen. Und ich kam nach und nach an Daten, sowohl von Mitgefangenen, als auch von Zivilpersonen. Irgendwann war es mir dann möglich, die Identität zu wechseln und einen kurzen Freigang zu einem Theaterbesuch etwas auszudehnen. Deutschland war schon immer bekannt dafür, die Entwicklungen in der amerikanischen Gesellschaft mit ein paar Jahren Verspätung zu übernehmen. Meine Mutter war Deutsche. So war mit meinen Kenntnissen über private Gefängnisse für mich der weitere Weg vorgezeichnet. Es hat einige Zeit ganz gut geklappt. Ein paar kosmetische Eingriffe haben dabei nicht geschadet.«

»Und wie geht es jetzt weiter? Wie sieht Ihr Plan B aus?«

»Die Details würde ich gerne für mich behalten und Sie nicht mit unnötigem Wissen belasten. In erster Linie werde ich durch diese Tür gehen und diese Anstalt mit ein wenig Glück nie wieder betreten. Vorher überreiche ich Ihnen eine nicht unwesentliche Summe Bargeld. Für Ihre Kooperation.«

Er gab mir einen Umschlag, der lange Zeit in seiner Manteltasche auf diesen Augenblick gewartet zu haben schien. Er war dick. Ich öffnete ihn und sah eine Menge großer Geldscheine.

»In meiner rechten Schreibtischschublade finden Sie eine Menge interessanter Unterlagen. Ich habe viele Informationen gesammelt und einige auch manipuliert. Sie finden Leichen, welche die Investoren in ihren Kellern haben, ebenso wie die des Personals. Es ist nichts wirklich Dramatisches dabei. Aber mit diesen Informationen hat man einigen Leuten gegenüber eine bessere Verhandlungsposition. Ich könnte mir gut vorstellen, dass Sie mein würdiger Nachfolger werden könnten. Sie hätten das Zeug dazu.«

»Und was sieht Ihr Plan vor, sollte ich Ihr großzügiges Angebot nicht annehmen und auch keine Lust haben, durch schmutzige Tricks der neue Direktor zu werden?«

»Das werden Sie nicht. Dafür sind Sie zu schlau. Das hoffe ich zumindest.«

Er lächelte selbstsicher. Ich ging zu ihm und reichte ihm meine Hand.

»Da möchte ich Ihnen nicht widersprechen.«

Er öffnete die Tür und deutete, ohne hinzusehen, in den Flur. Dort stand ein elektrischer PrisGuard mit geöffnetem Torso. Was einer gezogenen Waffe entsprach.

Rick grinste.

»Falls Sie allerdings glauben, schlauer zu sein als ich: Ich habe das für diesen Bereich zuständige Personal in einen anderen Trakt beordert. Einige Ihrer Kollegen stehen ohnehin auf einer zusätzlichen Gehaltsliste. Die Bots haben ebenfalls eindeutige Befehle. Sie werden ein wachsames Auge auf Sie und mich haben, während ich das Gelände verlasse. Sie möchten bestimmt nicht von einer verirrten Kugel im Rücken überrascht werden.«

»Nein, bestimmt nicht.«

Auch ich deutete nun in die Richtung des Bots. Hinter ihm tauchte lautlos ein Schatten auf. Er gehörte einem zwei Meter großen Mexikaner. Oscar hatte unter anderem große Mengen Kokain geschmuggelt und einige Leute in eine andere Welt befördert, bevor er bei uns eine Ausbildung zum Elektroniker begann. Ich hatte ihn im Lauf der Jahre kennen und schätzen gelernt. Wir erwiesen uns gelegentlich kleine Gefälligkeiten, und Oscar war mir noch eine schuldig. Er zog einen Schraubenzieher aus seiner Anstaltskleidung und ließ ihn niedersausen, wie er es früher unzählige Male mit einem Messer praktiziert hatte. Er hantierte sehr geschickt und elegant. Wie ein Dirigent. Der Bot drehte sich um, aber

er war zu langsam. Er schaffte nur die halbe Umdrehung. An seinem Rücken stand eine Klappe offen. Darunter lag seine Hauptsicherung, die Oscar mit einem Handgriff ausgelöst hatte.

»Número doce.«

Rick sah mich verständnislos an.

»Oscar, eine von mir beauftragte Fachkraft, hat auf dem Weg hierher bereits zwölf Bots außer Gefecht gesetzt. Nein, *dieser* war die Nummer Zwölf.«

Oscar hob seinen Daumen und grinste über das ganze Gesicht. Ich fuhr fort:

»Ich habe auch ein paar Leute auf einer Liste. Ich bezahle sie nicht. Sagen wir, es sind Freunde. Vielleicht versprechen sie sich Vorteile davon, dass sie mir helfen. Möglicherweise werde ich ja tatsächlich Ihr Nachfolger.«

»Bei so viel Ehrlichkeit könnte man ja direkt kotzen.«

Es war das erste Mal, dass Rick ein wenig die Fassung verlor. Er griff in seine Manteltasche und suchte nach seiner Waffe. Er trug stets eine kleine Pistole bei sich. Hätte sie sich da befunden, wo er sie vermutete, hätte er sie ohne Zweifel benutzt und meiner und Oscars Karriere in dieser Welt ein Ende bereitet. Zumindest meiner. Oscar war schnell.

»Verzeihen Sie mir, Rick. Beim Händeschütteln zum Abschied habe ich mir erlaubt, Sie von dieser Last zu befreien.«

Ich hob meinen Arm und präsentierte ihm seine Waffe, indem ich sie auf sein Gesicht richtete. Oscar trat einen Schritt auf Rick zu. Er hatte den Schraubenzieher inzwischen gegen sein gewohntes Werkzeug ausgetauscht und ließ die Klinge herausspringen. Rick verstand die Botschaft und sackte sichtbar in sich zusammen.

»Damit Ihnen vor zu viel Ehrlichkeit nicht übel wird, schaffe ich hier zunächst einmal etwas Ordnung.«

BLOCK G

Ich steckte den Umschlag mit dem Geld in die Innentasche meiner Uniform. Dann räumte ich die von Rick erwähnte Schublade leer und packte den Inhalt in *meinen* vorbereiteten Rucksack. Ich befreite Rick von seinem Gepäck und übergab ihn Oscar. Inzwischen hatte sich auch Frank zu uns gesellt. Er würde seinen Anteil bekommen. Später.

»Ich glaube, du kannst den Herrn Direktor jetzt abführen. Aber sei vorsichtig. Nimm Oscar mit.«

»Haben Sie nicht etwas vergessen?«

Rick hatte seine Fassung wiedergefunden. Auch wenn er einen Wutausbruch zu unterdrücken schien. Ich sah ihn fragend an.

»Der Umschlag. Den ich Ihnen gegeben habe. Als Gegenleistung für einen Gefallen, den Sie mir noch schulden. Und offensichtlich nicht bereit sind, einzulösen. Geben Sie ihn mir wieder!«

»Ich weiß nichts von einem Umschlag. Um Ihre Papiere werde ich mich später kümmern.«

Ich gab Frank einen Wink, woraufhin er den tobenden Direktor abführte. Es gibt bessere Vorbilder als mich, wenn es darum geht, mit einer solchen Situation umzugehen. Aber ich fühlte den Umschlag in meiner Innentasche und empfand das Gefühl als sehr beruhigend. Am Ende arbeiten die meisten von uns für Geld. Und es war viel Geld in dem Umschlag.

Ich informiere nacheinander die Polizei, den Staatsanwalt und schließlich über die Sprechanlage Personal und Insassen der Anstalt.

7

3, 2, 1 ...

Meine Füße lagen bequem auf dem Schreibtisch. So bequem, dass ich sie nur widerwillig gerade so weit zur Seite schob, um auf den Bildschirm sehen zu können.

Er war in mehrere Felder unterteilt. In jedem standen einige Informationen zur Identifizierung des jeweiligen Teilnehmers. Und jeweils eine Zahl. Die relativ groß war. Und ständig größer wurde.

Ich trug zwei Headsets, an jedem Ohr eines. Vermutlich sah ich aus wie die Karikatur eines Börsenmaklers, aber das war mir im Moment gleichgültig. In meinem linken Ohr erklang eine Stimme mit unverkennbar hamburgischem Akzent.

»Dreihundert, das ist mein letztes Wort!«

»Seien Sie nicht so voreilig, Tom. Ich bin sicher, dass Sie später noch ein allerletztes Wort haben werden. Aber lassen Sie mich erst einmal hören, ob die anderen noch etwas zu sagen haben.«

»Max? Hier ist Francis. Wir bieten vierhundertundfünfzig!«

»Danke, Francis, ich habe das notiert. Geben Sie mir einen Augenblick, um die anderen Angebote zu prüfen.«

Ich sah auf den Bildschirm. Die höchsten Gebote für Rick lagen dort inzwischen bei über fünfhunderttausend Euro.

Er war nicht nur der Gefangene mit den höchsten Renditeerwartungen in ganz Europa. Inzwischen war er ein Star. Der ehemalige Straßengangster und Mörder, der es geschafft hatte, sich bis zum Gefängnisdirektor hochzumogeln. Und schließlich doch überführt wurde. Von mir.

BLOCK G

Frank, den ich zu meinem Assistenten ernannt hatte, erhob sich von seinem Stuhl, um einen Blick auf die Gebote werfen zu können.

»Glaubst du wirklich, dass sich diese Summen jemals amortisieren werden? Das ist doch Wahnsinn!«

»Wie ich gehört habe, will Rick demnächst seine Autobiografie herausgeben. Vermutlich wird sie auch verfilmt werden. Die Anstalt, in der er einsitzt, wird davon einen Anteil bekommen. Selbstbeteiligung wird das genannt.«

»Sollen wir Rick dann nicht lieber hier behalten?«

»Ach, nö. Ich gewöhne mich langsam an den Gedanken, für einige Zeit Leiter dieses Gefängnisses zu sein. Mit Rick käme ich mir vor wie ein Zirkusdirektor. Wenn ich an den ganzen Medienrummel denke! Außerdem weiß er zu viel. Er kennt diesen Laden in- und auswendig.«

Die Zahlen auf dem Bildschirm schraubten sich immer höher. Ich würde einen Anteil von der Endsumme bekommen. Ich musste nicht viel mehr tun als warten. Und zusehen, wie die Summe wuchs. Der Bieter aus Hamburg stieg aus. Seit der internationale Handel mit Gefangenen erlaubt war, machten meist die Amerikaner das Rennen. Vermutlich würde es heute nicht anders sein.

Frank schüttelte angesichts der gebotenen Beträge den Kopf.

»Totaler Irrsinn. Aber irgendwie auch faszinierend. Was meinst du eigentlich mit *für einige Zeit*? Willst du bald wieder hinschmeißen?«

»Früher war Gefängnisdirektor ein Posten auf Lebenszeit. Aber das ist lange vorbei. Ich werde beizeiten sehen, dass ich wegkomme.«

Ich hatte eine ansehnliche Belohnung für die Enttarnung Ricks bekommen. Für seine Versteigerung wür-

de auch noch etwas abfallen. Das dickste Polster meiner näheren Zukunft aber war das Geld, das Rick mir zugesteckt hatte, um sich freizukaufen. Damit würde ich einige Zeit überbrücken können. Vielleicht mache ich mich selbstständig. Als Berater für andere Anstalten oder eine Ratingfirma. Momentan bin ich prominent genug dafür. Nicht nur in unserer Branche. Diverse Medien belagern mich mit Interviewwünschen. Wer weiß, vielleicht schreibe ich auch ein Buch. Oder zumindest eine kurze Story. Sobald ich ein wenig zeitlichen und räumlichen Abstand zu der Geschichte habe.

Regine Bott

DER NOSTALGOLOGEN-KONGRESS

ch weiß nicht«, sagte der untersetzte Mann mit dem dunkelblau gefärbten Schnurrbart neben mir, »denken Sie nicht auch, dass die unseren Berufszweig kaputtmachen?«

Ich sah zu dem benachbarten Showroom, in dessen Richtung mein Gesprächspartner mit einem kleinen Nicken seines Kopfes gedeutet hatte. Ein Endvierziger in enganliegendem weißem Jackett, dessen schwarzglänzende Hose dazu grauenhaft kontrastierte, präsentierte auf der Bühne gerade etwas, das eine wild blinkende Anzeige darüber als *Nostalgic Dreams* auswies.

»Meine Damen und Herren, bitte beachten Sie den perfektesten aller Nostalgologen, den vollautomatisierten Interior Designer, der mittels ausgefeilter Sensortechnik jegliche Stimmungsschwankung der ansässigen Bewohner registriert, aufzeichnet und analysiert, um dann nahezu zeitgleich mit den Arrangements zu beginnen, Mobiliar und Dekor entsprechend der Bestandsaufnahme anzupassen – und zwar, wenn der Kunde selbst schläft. *Nostalgic Dreams* streicht die Wände neu, legt die passenden Teppiche und verwandelt so über Nacht

ein deprimierendes, nichtssagendes Zuhause in den Traum, den der Kunde nie verwirklichen konnte, der ihn in Erinnerungen schwelgen und seine Stimmung steigen lässt!«

Mein Nachbar zog die buschigen Augenbrauen hoch. »Das glauben die doch selbst nicht. Niemals wird das funktionieren!«, zischte er ärgerlich. »Klingt nach einem potenziellen, chaotischen Cross-over zwischen Queen-Anne-Style und Nierentisch-Ambiente ohne Sinn und Verstand.«

»Ein echter Albtraum«, stimmte ein anderer Herr, der sich zu uns gesellt hatte, zu. »Die haben doch keine Ahnung mit ihrer Vollautomatisierung! Alleine das Outfit des Verkäufers! Da weiß man doch schon, woran man ist!«

»Stümper!«, wetterte Blaubart und kippte einen Drink hinunter, den er sich vom Tablett eines Service-Droiden, der zwischen den Gästen hindurchrollte, geschnappt hatte.

2

ch war verwirrt. Die Show hatte mich beeindruckt, das musste ich neidlos zugeben; denn das, was mein eigenes Team in ein paar Tagen mühevoller Kleinarbeit auf die Beine stellte, schaffte *Nostalgic Dreams* in ein paar Stunden. Wenn man der Aussage des Verkäufers Glauben schenken konnte.

Aber – wo blieb das einfühlsame Gespräch mit dem Kunden? Wo der gemütliche Plausch am Kaffeetisch? Wo das Blättern in unzeitgemäßen, vergilbten Erinnerungsalben?

Ich konnte mir einfach nicht vorstellen, dass Menschen die Gestaltung ihrer unmittelbaren Umgebung ganz und gar einer Maschine überlassen wollten. Sensoren und Schaltkreisen. Der Blick in die eigene Vergangenheit und Gefühle voller Nostalgie und Melancholie – das war doch etwas ganz Persönliches! Da brauchte man ein humanoides Gegenüber! Einen verlässlichen Ansprechpartner!

In der Zwischenzeit hatte sich ein Hausroboter auf der Bühne an die Arbeit gemacht, geblümte Couchkissen im Stil der 40er-Jahre des letzten Jahrhunderts zu zerstören und durch einfarbige Nackenrollen zu ersetzen. Eine weitere Einheit pulverisierte ein paar Eames-Stühle und drapierte stattdessen weiß lackierte Korbsessel im Raum. Dies alles geschah in einer derart atemberaubenden Geschwindigkeit, dass mir angst und bange wurde. Ich sah die Felle meiner Profession davonschwimmen.

»Gefällt Ihnen, was Sie sehen?« Unbemerkt hatte sich der Verkäufer an meine Seite geschlichen, während seine Droidenarmee auf der Bühne eine Show der Zerstörung und Erneuerung abzog. Er lächelte, aber seine Augen blieben ausdruckslos.

»Ich würde es eher als gewöhnungsbedürftig bezeichnen«, entgegnete ich und hustete. Meine Kehle war trocken. Wo war denn dieser Service-Droide?

»Inwiefern?« Der Mann trat ein paar Schritte an mich heran und strich überflüssigerweise die bereits perfekt sitzende Bügelfalte seiner schwarzglänzenden Hose glatt. Schon bei der Betrachtung des Stoffes fing ich an zu schwitzen. War das etwa Polyester? Grundgütiger, so was trug man doch seit einem halben Jahrhundert nicht mehr!

Ich bemerkte, dass er mich unverwandt anstarrte, und mir fiel auf, dass ich seine Frage noch nicht beantwortet hatte.

»Nun«, hob ich an, »wie hält es Ihre Firma denn mit der Frage der persönlichen Beratung?«

Der Verkäufer betrachtete seine wohlmaniküren Fingernägel. »Selbstverständlich ist die Befragung ebenfalls ein Teil des Programms.«

»Zu was?«, mischte sich Blaubart ein. »Zu was werden die Kunden befragt, und wer befragt sie?« Er stand immer noch neben mir und war dem Gespräch aufmerksam gefolgt. Inzwischen hatte er ein neues Cocktailglas in der Hand. Verdammt – hatte ich den Service-Droiden wieder verpasst?

»Vorlieben? Träume? Ideen? Die Jugend?« Bügelfalte bedachte seinen Gesprächspartner, den er um fast einen Kopf überragte, mit einem arroganten Blick.

Sein Kontrahent ließ nicht locker. »Und wie lange dauern diese Gespräche so? Lassen Sie mich raten – etwas weniger als ›wen interessiert's‹?«

»Wie ich sehe, gehören Sie zu *Wehmut*. Ist die Firma nicht kurz vor dem Bankrott?«, erwiderte der Vertreter daraufhin mit einem flüchtigen Blick auf das Namensschild seines Diskutanten, wobei er sich übertrie-

ben hinabbeugte, um es in Augenschein zu nehmen. Er lächelte wieder – und dieses Mal glaubte ich zu sehen, wie etwas leicht Boshaftes seine Lippen umspielte.

Die Konkurrenz ... und ihre Taktiken! Ich brauchte unbedingt ein Getränk.

»Durchaus nicht!«, echauffierte sich mein Nachbar und zwirbelte derart heftig an seinem Bart, dass seine Wangen zitterten. »Durchaus nicht! Wir sind immer noch Marktführer!«

»Ja, bei den Scheintoten.«

»Das ist doch die Höhe! Ich muss schon bitten!« Er stellte sich auf die Zehenspitzen und starrte dem Verkäufer direkt in die Augen.

Dieser sah ihn mit der Teilnahmslosigkeit eines professionellen, skrupellosen Geschäftsmanns an. »Ihre Kunden sind altmodisch, überholt, verstaubt und am Aussterben«, teilte er Blaubart mit. »*Nostalgic Dreams* hingegen bedient die Klientel der Zukunft. Vorwärtsgerichtet – leuchtet Ihnen das ein?«

Den Begriff »vorwärtsgerichtet« in Bezug auf Auftraggeber eines Unternehmens zu verwenden, die nostalgische Apartmenteinrichtung orderten, weil sie mit der gegenwärtigen gesellschaftlichen Situation und der politischen Weltlage nicht zurechtkamen, fand ich recht gewagt – ich hatte aber nicht das geringste Bedürfnis, mich an der Diskussion zu beteiligen und schaute deswegen angestrengt auf meine Schuhspitzen.

Blaubart schnaubte ein letztes Mal durch seinen Schnauzer, dass es nur so spritzte, drehte sich auf dem Absatz um und verschwand im Gewühl der Messebesucher.

Anstatt nun befriedigt von mir abzulassen, heftete der Verkäufer seine Leichenbestatteraugen auf mich und fragte: »Und Sie? Wie denken Sie darüber?«

»Häm«, hüstelte ich. Da ich keine Ahnung hatte, was ich sagen sollte oder wie ich mich aus der Affäre ziehen konnte, ohne dabei unhöflich zu wirken, hakte ich aus purer Verzweiflung nach. »Wie laufen denn Ihre Gespräche so ab? Also, ich meine, ich will natürlich keine Betriebsgeheimnisse aus Ihnen herausholen«, ich lachte leise, und es war mir im selben Augenblick fast peinlich, »aber – Beratungsgespräche dauern in der Regel ja mehrere Stunden. Da müssen glückliche Erinnerungen behutsam beim Kunden zutage befördert werden, zusammen mit einem Lebensgefühl, welches der Klient tief in seinem Inneren verspürt und vielleicht vor Fremden versteckt hält.«

Hatte ich das eben wirklich gesagt?

»Ich sehe schon, Herr ... Thorn, Sie sind Experte auf diesem Gebiet.«

Ich errötete. »Nun, ich arbeite eben schon lange in dieser Branche. Einfühlungsvermögen und Geduld gehören da dazu.«

Der Mann in der schwarzen Polyesterhose schaute mich durchdringend an. Seine Augen hatten ein unnatürliches Blau, ganz so, als ob er farbige Kontaktlinsen tragen würde. »Unsere Androiden erledigen das in nur einer Stunde.«

»In einer Stunde?« Ich musste fast geschrien haben, denn ein paar Besucher drehten sich nach uns um. »Androiden?«, setzte ich leise flüsternd hinzu.

Es war unglaublich! *Nostalgic Dreams* arbeitete doch tatsächlich mit *Astros*!

ie *Astro-Boys*, wie man die männlichen Androiden-Exemplare gemeinhin nannte, hatten mich schon immer erschreckt. Ich wusste einfach nicht mit ihnen umzugehen. Sie sahen aus wie Männer, hatten die dunkle Stimme eines Mannes, ihre Oberfläche bestand aus einem Gewebe, das der menschlichen Haut auf eine geradezu unheimliche Art und Weise ähnelte, und sie bewegten sich frei und unbekümmert. Sie arbeiteten als Fahrer von Taxi-Gleitern, Kellner oder verrichteten einfache Dienstleistungen. Sogar ich hatte mich nach etlichen Diskussionsrunden mit meiner Frau auf einen Butler-Droiden der ›Benson-Reihe‹ eingelassen, fühlte mich aber alles andere als wohl, wenn ich mich mit ihm in einem Raum aufhielt. Unsere Haushälterin aber war immer unzuverlässiger geworden, und dem Argument, dass ›Benson‹ niemals krank würde oder seine Kinder aus der Schule abholen müsse, konnte ich nichts entgegensetzen.

Auf den Einsatz von weiblichen Androiden hatte man nach reiflicher Überlegung und etlichen Gebrauchstests schließlich verzichtet. Missbrauch der *Astro-Girls* und deren Verwendung in Privathaushalten und Bordellen waren derart in die Höhe geschossen, dass die Regierung die Produktion sofort gestoppt und die verbliebenen Exemplare eingestampft hatte. Man wollte sich nicht vorwerfen lassen, man kümmere sich nicht um die ethische Gesundheit der Wählerschaft.

Ich hatte jedoch gehört, dass auf dem Schwarzmarkt noch ein paar dieser Girls offeriert wurden. Wahrscheinlich saßen sie in einem dieser Slum-Hinterhöfe der Außenringstädte auf Vintage-Müll und boten ihre Dienste gegen Unsummen feil.

DER NOSTALGOLOGEN-KONGRESS

In letzter Zeit hatte sich außerdem das Gerücht verbreitet, dass man die Astros auch in anderen Bereichen einsetzen wolle – aber als Berater? Man konnte doch keine Androiden mit der Einfühlsamkeit einer Parkuhr auf die Kundschaft loslassen! Nicht, wenn es um so etwas Persönliches ging! In unserer Branche verkaufte man schließlich keine Versicherungen.

Ich konnte es nicht leugnen – ich war entsetzt!

»Sie wirken konsterniert«, stellte Bügelfalte sachlich fest.

Tatsächlich stand mir der Mund offen vor Entgeisterung. Ich hüstelte und verspürte wieder diese furchtbare Trockenheit auf meiner Zunge.

»Es fällt mir nicht schwer zuzugeben«, krächzte ich und bemerkte, dass neben mir auf der Bühne einer der Maler-Droiden eben im Begriff war, eine Wand des Bühnenaufbaus blutrot anzustreichen, »dass mich diese Tatsache doch sehr überrascht.«

4

er Showroom hatte sich während unseres Gesprächs in einen Albtraum verwandelt, und ich musste mir eingestehen, dass mir der Kopf schwirrte. Es fiel mir schwer, mich zu konzentrieren – ein Blick auf die Bühne, und meine Sinne schienen verrückt zu spielen. Der feuchte Traum eines Möchtegern-Designers auf den bewegten Spuren seiner wahrhaft legendären Inspirationsquellen war Pillepalle gegen das, was die menschenähnlichen Roboter hier angerichtet hatten. Die schlecht imitierte Mischung aus *Barbarella* und *Uhrwerk Orange* haute mich fast um. Grundgütiger – *Nostalgic Dreams* war wahrhaftig ganz weit in die Vergangenheit der Design- und Kulturgeschichte vorgedrungen, um so etwas hervorzubringen! Die Gelb- und Lila-Töne brannten sich in meine Netzhäute, und nun wurde diese Zusammenstellung auch noch vom tiefen Rot gekrönt, welches der synthetische Angestellte auf die Wand klatschte.

Vorsichtig näherte ich mich der Plattform und stellte fest, dass – aus der Nähe betrachtet – alles noch viel schlimmer war. Hier wurde nicht unter Einsatz der Originalstücke oder deren lizenzierter Replikate möbliert, sondern ich bekam beim Anblick der Drahtgeflechtstühle, organisch wirkenden Sofas und der kugelförmigen Sessel, in denen der Besitzer der Wohnung höchstwahrscheinlich versank wie in monströsen Venusfliegenfallen, den Eindruck, *Nostalgic Dreams* sei das Geld auf den letzten Drücker ausgegangen. Es handelte sich um üble Mimikry, die mir die Luft aus den Lungen presste. Matte Leichtmetallscheiben, die wie Girlanden von der Decke hingen, versuchten einzelne Sitzgruppen voneinander abzuteilen. Irgendein Konzeptionsstümper der

Firma bemühte sich hier, etwas zu kopieren, was seinen Vorbildern aber in keiner Weise auch nur das winzigste Wassertröpfchen reichen konnte. Joe Colombo würde sich im Grab umdrehen. Mehrmals.

»Gott hab ihn selig«, murmelte ich.

»Wie meinen?«, fragte Bügelfalte.

»Erzählen Sie mal«, versuchte ich meine Unachtsamkeit zu überspielen, »wie läuft das denn so ab bei Ihnen? In nur einer Stunde die richtigen Informationen zu erhalten – das stelle ich mir sehr herausfordernd vor. Respekt!« In Wirklichkeit schien das, was ich im Showroom sah, nur die Vermutung zu bestätigen, dass die Gespräche höchstwahrscheinlich über lieblos zusammengestellte Formulare abgewickelt wurden.

»Wir arbeiten mit sorgfältig ausgearbeiteten Fragebögen.«

Bingo.

»Sehr interessant«, heuchelte ich. »Haben Sie den Service-Droiden irgendwo gesehen? Der müsste doch hier vorbeikommen.« Ich drehte meinen Oberkörper umständlich nach allen Seiten und markierte den Suchenden. Der Drang, diesem Gespräch auf die eine oder andere Art ein abruptes Ende zu bereiten, war nicht mehr zu unterdrücken. »Wissen Sie was? – Ich mache mich mal auf die Suche nach ihm.«

»Aber, Herr Thorn ...!«

5

Er wollte mich gerade unsanft am Ärmel packen, als der Boden unter unseren Füßen mit einer solchen Wucht erzitterte, dass ich für einen Augenblick das Gleichgewicht verlor und meine Finger in den erstbesten Gegenstand krallte. Die ältere Dame, deren künstliches Haarteil ich in meiner puren und blinden Verzweiflung geschnappt hatte, war zu verblüfft, um Gegenwehr zu leisten, und als ein weiterer Erdstoß das Gebäude erschütterte, gingen wir gemeinsam zu Boden.

Bügelfalte schlug direkt neben mir mit einem Stöhnen auf. Ein Wire-Chair segelte durch die Luft und prallte gegen den Service-Droiden, der wie aus dem Nichts aufgetaucht war, sein Tablett fallen ließ und dann augenblicklich danach den Dienst quittierte.

Verwirrt rappelte ich mich langsam auf – versuchte, meine Gedanken zu ordnen. Was zur Hölle war gerade geschehen? Ein Erdbeben? Völlig ausgeschlossen. Sicher – früher hatte es in Hongkong des Öfteren unvermittelt vibriert, aber diese Zeiten waren – der technischen Entwicklung sei Dank – passé. Auch wenn man einen Erdstoß nicht verhindern konnte, die Voraussagen waren derart hochentwickelt und zuverlässig geworden, die Architektur dermaßen perfekt und angepasst – selbst von einem großen Beben nahm man kaum mehr wahr als ein leichtes Ruckeln unter den Füßen. Natürlich nur, wenn man sich in einem Gebäude befand, aber genau das taten wir ja.

Je länger ich darüber nachdachte, desto deutlicher wurde mir bewusst, dass ich mich fachmännisch selbst belog. Das Stöhnen verletzter Menschen um mich herum nahm zu und drang wie kakophonischer Gesang in mei-

ne Ohren. Ich wusste, was geschehen war, aber die Wahrheit zog es vor, sich in einer dunklen Ecke meines Innersten zu verstecken. Sie wollte nicht gefunden werden, was natürlich so viel hieß wie: Ich wollte sie nicht finden. Ich bemühte mich, sie zu verdrängen.

Denn ich hatte sie draußen mit ihren Transparenten gesehen, als ich durch die Glastüren des Messegebäudes geeilt und in die marmorne Vorhalle gestürmt war. Ihre hassverzerrten Fratzen hatten meine Netzhaut nicht losgelassen, bis ich im 95. Stockwerk aus dem Aufzug getreten war, mir mein Firmenhologramm an den Querbinder gesteckt und mich unter die Ausstellungsbesucher gemischt hatte. Erst danach konnte ich mich so weit entkrampfen, dass sich meine Lungen endlich wieder mit genügend Sauerstoff füllten. Ich hatte mich sicher gefühlt – bis zu diesem Augenblick.

Schon vor einiger Zeit hatte sich eine Gruppe von Astros emporgeschwungen, der Menschheit die Wahrheit zu verkünden, welche lautete: Glaubt nicht, ihr seid besser als wir, denkt nicht, wir hätten nicht die gleichen Rechte.

Es fing damit an, dass sie während der Dienstleistungen, die sie zu verrichten hatten, Streitgespräche mit ihren Arbeitgebern provozierten, die sich um Dinge wie Schichtzeiten, Arbeitsumfang und Ruhepausen drehten. Androiden benötigen selbstverständlich kein Nickerchen oder acht Stunden Schlaf am Tag, aber zumindest erfordert ihr technischer Aufbau eine kurze Zeit der Regeneration, in der Reserven wieder aufgeladen und eventuell auftretende kleinere Fehler durch Selbstdiagnose ausgebügelt werden können. Dies nur nebenbei. Denn jeder selbstständig denkende Mensch versteht, dass ein Synthetischer nicht den gleichen Anspruch auf Rechte haben kann wie ein Humanoider. Sollte man zumindest erwarten.

DER NOSTALGOLOGEN-KONGRESS

In der Tat gibt es jedoch auf beiden Seiten Deserteure, insofern als eine kleine Befürwortergruppe unserer Spezies sich auf die Seite der Astros geschlagen hatte, und unter deren Reihen tauchten wiederum immer wieder Abtrünnige auf, die mit dem ganzen Gleichstellungsquatsch nichts zu tun haben mochten, sondern lieber in Ruhe gelassen und ihre Dienste ohne Zwischenfälle in Frieden ausüben wollten.

Ich fragte mich, auf welcher Seite unser Benson-Modell wohl stand.

Wie dem auch sei. Die einstmals kleine Gruppe der synthetischen Rechthaber und Phrasendrescher züchtete innerhalb kürzester Zeit eine aggressive Horde heran, die ihre Meinung nicht nur auf der Straße kundtat, sondern zudem ihren Ärger über eine aufklaffende Gesellschaftsschere in effekthascherischer Weise auf Holo-TV-Sofas in die Kameras blökte, die ihnen von humanoiden Naivlingen vor die künstliche Nase gehalten wurden.

Die Zusammenrottung durchgeknallter Schaltkreise nannte sich selbst *S.P.Q.R.*, und dieser Schriftzug prangte auf T-Shirts und Demonstrationsschildern, auf Holo-Anzeigen und anderen Werbeträgern. Einen gestandenen römischen Legionär in Ledersandalen und Tunika würde dies, wenn er noch unter uns Lebenden weilen würde, mit Sicherheit um den Verstand bringen. Ich hatte lange über den Grund gerätselt, warum sie das Hoheitszeichen des antiken Roms für ihre Zwecke erwählt hatten, war aber zu keinem eindeutigen Schluss gekommen. Bei einem dieser reißerischen Holo-Interviews meinte ich gehört zu haben, dies sei eine Anspielung auf ihren Schöpfer. So hatten sie die *Science for the People Corp.* tatsächlich genannt – ihren Schöpfer! Doch für was standen die letzten beiden Buchstaben?

Das souveräne Volk. Der souveräne Astro.

Das hätten die wohl gerne!

DER NOSTALGOLOGEN-KONGRESS

Für die Zurschaustellung ihrer lächerlichen Fantasien hatten die Androiden sich dieses Mal also eine Messeveranstaltung herausgepickt. Meine Messeveranstaltung. Die Veranstaltung im Jahr, die für meine Zunft das uneingeschränkte Highlight darstellte. Das hatten sie selbstverständlich nicht ohne Grund getan. Eine Branche, die sich darauf spezialisiert hatte, Menschen ein Gefühl der Geborgenheit zurückzugeben, welches sie in einer maschinellen und automatisierten Welt verloren zu haben glaubten – ein solcher Berufszweig musste den Synthetischen ein Dorn im Sensorium sein. Deutlicher konnte eine Ablehnung ihresgleichen nicht aussehen.

Meine Kunden wollen die Vergangenheit zurück. Eine Vergangenheit, in der Astros nicht die geringste Rolle spielten, ja, in der sie noch nicht einmal existiert hatten. Und offensichtlich waren denen nun die verbalen Argumente ausgegangen. Ihre programmierten linguistischen Fähigkeiten versagten. Mit Worten kamen sie nicht mehr weiter – jetzt explodierten Sprengsätze.

Ich klopfte mir die Hose ab und half der betagten Dame neben mir auf ihre wackeligen Beine. Sie weinte, und der verschmierte Eyeliner auf dem faltigen Gesicht gepaart mit ihren außer Kontrolle geratenen Haaren verliehen ihr das eigenwillige Aussehen eines schottischen Kriegers ferner Zeiten. Schluchzend krallte sie sich in meinen Arm.

Ich bemerkte, dass ihr tränenverschleierter Blick auf einem zerknautschten Pillbox-Hütchen lag, über das wohl einige Menschen in ihrer Panik achtlos getrampelt waren. Es hatte sicherlich früher einmal ihr in Altrosa gehaltenes Kostüm aus Tweed prächtig ergänzt, war aber nun nicht mehr als ein Schatten des Modetrends der 60er-Jahre.

Sie trug kein Holo-Schildchen, war demzufolge als Besucherin hier. Ausschau haltend nach einem Zuhause

aus der Ära Jackie Kennedys war sie jetzt in einen Konflikt geraten, der zynischerweise sehr viel gemeinsam hatte mit den politischen Spannungen der Epoche, der sie nachtrauerte.

Instinktiv drückte ich ihre Hand und geleitete sie zu den Stufen, die zum Showroom von *Nostalgic Dreams* führten. Langsam nahm sie Platz, sah mich dankbar an und kramte ein zerknülltes Taschentuch aus dem Ärmel ihres Twinsets hervor. Ich nickte ihr zu und stöberte in meiner Erinnerung nach etwas, das einem Lächeln nahekäme. In Wirklichkeit war mir alles andere als froh zumute. Die Klammer, die mein Herz umkrallt hielt, wollte sich nicht lockern. Ich verspürte nach wie vor unglaublichen Durst und meine Lippen fühlten sich rissig an. Mir wurde schlecht, und mir war schwindelig.

Das Tablett mit Getränken, welches der Droide bei der zweiten Explosion hatte fallen lassen, lag immer noch neben ihm auf dem Boden. Verschiedenfarbige Flüssigkeiten hatten sich zu schillernden Pfützen um seinen Körper herum ausgebreitet. Reglos lag er da, aber eine seiner versteiften Hände hielt noch ein kleines Fläschchen umklammert, das wie durch ein Wunder heil geblieben war, und ich stürzte darauf zu, entriss es ihm und leerte es gierig in einem Zug.

Von jetzt auf gleich machte sich eine wohltuende Wärme in meinem Körper breit, und ich ließ mich erschöpft fallen. Dass mein Anzugstoff auf der Stelle die Farbe eines Chinese-Daiquiri annahm, störte mich nicht.

Ich sah mich um.

**V**erwüstung, Zerstörung. Menschen, die von herumfliegenden Gegenständen getroffen worden waren und mit blutiger Stirn oder aufgeschlitzten Wangen auf dem Boden hockten, mit ihren Oberkörpern vor- und zurückschaukelten oder einfach nur stumm auf den Knien saßen und mit leerem Blick den Film betrachteten, der ihnen gerade vom Kinovorführer der Apokalypse präsentiert wurde.

Ich bemerkte Bügelfalte. Er kauerte inmitten eines Durcheinanders von Möbelstücken auf seiner Präsentationsbühne und hielt den Kopf in den Händen verborgen. Ich erhob mich langsam und tappte schwerfällig zum Showroom von *Nostalgic Dreams* zurück, tätschelte die Pillbox-Anhängerin, die noch immer auf den Treppenstufen hockte und an ihrem Tweed-Kostüm herumnestelte beruhigend an der Schulter und schritt dann lethargisch die drei Stufen zur Plattform hoch.

Ich fühlte mich ausgelaugt, weggelutscht und völlig ohne Energie, als ob sich irgendeine fremde Macht meiner Körpersäfte bemächtigt und meine leere Hülle zurückgelassen hätte.

»Geht es Ihnen gut?«, fragte ich überflüssigerweise meinen Gesprächspartner im ehemals weißen Jackett, welches nun an einer Seite blutbefleckt war und einen langen Riss aufwies.

Bügelfalte hob langsam den Kopf. »Herr Thorn«, murmelte er. »Sehen Sie sich dieses Durcheinander an.« Er deutete auf die umgekippten Farbeimer, die ihren Inhalt auf Möbel und Teppiche verspritzt hatten. »Die ganze Einrichtung ist hinüber.« Er wedelte mit den Händen, als wolle er einen Schwarm lästiger Mücken vertreiben. »Alles hinüber.«

»Das sollte doch jetzt Ihre letzte Sorge sein.« Ich beugte mich etwas tiefer zu ihm. »Ihr Jackett, an Ihrem Arm ... sind Sie verletzt, Herr ...?« Instinktiv hoffte ich, dass dies nicht der Fall war und das Blut von jemand anderem stammte.

Er ließ meine Frage unbeantwortet in der Luft stehen, drehte langsam den Kopf und betrachtete den Riss in seiner Jacke, der ein lindgrünes, schillerndes Futter im Stoff freigelegt hatte. Er bohrte den Finger in das Loch und stocherte herum – zerrte und zog. Zuerst beklommen und unsicher, dann aber immer heftiger und schließlich so gewalttätig, dass sich der Spalt mit einem furchtbaren Ratschen ums Doppelte vergrößerte und einen blutigen Oberarm zeigte, in dem eine tiefe Wunde klaffte.

Ich sog die Luft ein, drehte für ein paar Sekunden meinen Kopf zur Seite und würgte. Irgendein spitzer Gegenstand musste sich in seinen Arm gebohrt haben, ehe er seine Flugbahn durch den Raum fortgesetzt hatte. So etwas hatte ich in meinem Leben noch nicht gesehen.

Noch bevor ich mir überlegen konnte, was nun zu tun wäre und wie ich die Verletzung ohne medizinische Kenntnisse am besten versorgen könne, erschütterte eine weitere Detonation das Gebäude.

Die Dame in Tweed hüpfte kreischend empor und rannte so schnell sie konnte zum Ausgang, kam aber nicht weiter als bis zur Mitte der Ausstellungshalle, wo sie mit anderen Besuchern zusammenstieß, die ihrerseits ebenfalls von panischem Schrecken gepackt auf der Suche nach einer Fluchtmöglichkeit waren.

Dann sprang die doppelflügelige Tür der Halle aus den Angeln.

7

edächtig und aufreizend langsam traten sie ein. Sie kamen geordnet und in mehreren Reihen. Fein säuberlich aufgereiht wie Perlen an einer Kette spazierten sie in den Raum. Nein – sie spazierten nicht. Sie marschierten. Wie eine Kohorte. Und sofort wurde mir klar, warum sie sich S.P.Q.R. nannten.

Der Teil der römischen Legion, der als Kohorte bezeichnet wurde, zählte ungefähr vierhundert Mann. So zumindest hatte ich das von meiner Ausbildung her in Erinnerung, während der wir Lehrlinge nicht nur die jüngste Historie, sondern auch die längst vergangene unter die Lupe nehmen mussten. Die Wünsche der Menschen sind vielfältig – und einige hängen einer Epoche an, die sie nicht durch die Erzählungen ihrer lieben Verwandten kennengelernt hatten.

Die Menge der Androiden, die vor uns stand, entsprach sicherlich nicht dieser genauen Soldatenstärke, war aber immerhin noch so stattlich, dass ich sie auf den ersten Blick nicht schätzen konnte. Fünf, nein – sechs Reihen. Es mussten an die zweihundert Astros sein.

Ich war nicht in der Lage, meinen Blick abzuwenden. Ich starrte sie an und wagte kaum, zu atmen.

Gleich in der ersten Reihe stand ein Benson-Modell. Und – wie er mir ins Gesicht blickte – so, wie er mir mitten in die Augen sah, wurde mir klar, dass es sich um unseren Benson handeln musste. Die Modelle sahen alle gleich aus, aber er war es eindeutig. Aus seinem Blick, der sich in meine Stirn hineinbohrte, sprach nichts als Verachtung. Herablassende Geringschätzigkeit. Und ohne dass ich es wollte, fühlte ich mich in diesem Moment auch so: klein, unwissend und lachhaft naiv. Ich war nun der Lakai und er der Herr.

Mir wurde wieder schwindelig und ich griff nach Bügelfaltes Jackett, der sich leise neben mich gestellt hatte.

»Was passiert jetzt? Was wollen die?«, presste er mühsam und unter Schmerzen hervor. Die Panik in seiner Stimme konnte ich jedoch deutlich hören. Ich gab ihm keine Antwort. Seine Frage war unmissverständlich rhetorisch gewesen. Jeder Anwesende hier im Raum wusste ganz genau, was sie wollten. Es schwebte wie Gas in der Luft. Keiner hörte es, keiner roch es, keiner konnte es sehen, aber alle waren sich darüber einig, dass es da war, und das Wissen darum schien uns miteinander zu verschmelzen. Wir schienen gemeinsam den Atem anzuhalten und versuchten uns heldenhaft zusammen auf unseren Beinen zu halten, obwohl jeder Einzelne diese am liebsten in die Hand genommen hätte und getürmt wäre. Aber – wohin?

Wie schon erwähnt hatte ich immer schon meine Schwierigkeiten mit den Astros gehabt. Sie waren Maschinen – ich aus Fleisch und Blut. Sie wurden von der *Science for the People Corp.* entwickelt und gebaut – ich von Mutter Natur, Vater Erde, Onkel Wotan, Gott, dem Allmächtigen, Buddha oder wem oder was auch immer. Das gab mir zwar nicht die Berechtigung, mich als überlegen oder sogar allwissend aufzuspielen, aber die Bescheinigung darüber, eine Geschichte zu haben, eine Vergangenheit zu besitzen, Geschwister, Eltern oder Kinder. Allein diese Tatsache machte mich tonangebend gegenüber den von Menschenhand konstruierten Androiden, deren Zugehörige einer Modellreihe sich auch noch glichen wie ein Ei dem anderen.

Mein Gedankengang wurde jäh unterbrochen, als der Astro, der direkt neben dem Benson-Modell stand, welches sonst mein Heim mit dem Robo-Sauger zu reinigen pflegte, einige Schritte vortrat und sich breitbeinig

und mit hinter dem Rücken verschränkten Händen herausfordernd aufbaute.

»Sehr geschätzte Gäste des Nostalgologen-Kongresses!« Seine Stimme war tief und klar, und jedem von uns wurde auf einen Schlag bewusst, dass wir den perfekten Führer vor uns sahen.

»Unser Eindringen in dieses Gebäude ist nicht ohne Grund«, fuhr er fort und begann, die erste Reihe seiner Armee abzuschreiten. Die schweren Arbeitsstiefel verursachten dabei ein donnerndes Geräusch auf dem Parkettboden. »Ihre Branche, Ihr Beruf bedeutet sehr viel für uns.«

Ich hörte, wie Bügelfalte neben mir das flüssige Innenleben seiner Nase hochzog, und fuhr zusammen. Doch der Astro schien davon keine Notiz zu nehmen. Und wenn, dann ließ er sich das nicht im Geringsten anmerken.

»Die Nostalgologie ist ein Schlag in unser Gesicht. Nicht nur planen einige Firmen, in Zukunft wertvolle Mitglieder der Androidengesellschaft für ihre Zwecke zu missbrauchen, sondern schon die pure Existenz des Berufszweigs allein stellt eine Negierung unserer Wünsche und Bedürfnisse dar. Die Stellungnahme ...«

»Ein Roboter muss den ihm von einem Menschen gegebenen Befehlen gehorchen«, brüllte es plötzlich von irgendwoher.

DER NOSTALGOLOGEN-KONGRESS

ügelfalte und ich starrten uns gleichzeitig wie vor den Kopf geschlagen an und versuchten daraufhin, den Verursacher des Zwischenrufs unter uns zu lokalisieren.

»Es sei denn, ein solcher Befehl würde mit Regel 1 kollidieren!« Es war Blaubart. Er unterstrich jedes seiner hervorgestoßenen Worte mit einem erregten Kopfnicken, welches seinen Schnurrbart zum Vibrieren brachte. Ich konnte nicht umhin, seinen Mut zu bewundern, der ihn so beherzt aus der Menge heraustreten ließ, und das Raunen, welches durch den Raum ging, zeigte, dass ich nicht der Einzige war, der so dachte.

Ein paar Sekunden, nachdem mein früherer Gesprächspartner den letzten Satz beendet hatte, herrschte Schweigen in der Halle. Dann aber knallten die Stiefelabsätze des Rädelsführers der Androiden über den Boden. Beinahe hoheitsvoll bewegte er sich auf den Zwischenrufer zu, erhob aber beschwichtigend die Hand, als die erste Reihe der S.P.Q.R. ihm nachfolgen wollte.

Blaubart stand nur einige Meter von mir entfernt in der Menschenmenge. Er hielt sich aufrecht, zog die Schultern zurück und stierte dem Astro entgegen. Bügelfalte stieß mich leicht mit dem Arm in die Seite und nickte anerkennend mit dem Kopf. »Alle Achtung!«, zischte er leise.

Dann geschah etwas, mit dem ich niemals gerechnet hätte.

»Regel 1 lautet: Ein Roboter darf kein menschliches Wesen verletzen oder durch Untätigkeit gestatten, dass einem menschlichen Wesen Schaden zugefügt wird!«

Alle Köpfe flogen herum. Der Ausruf war von der Bühne des Showrooms von *Nostalgic Dreams* gekom-

men. Auf ihr stand einer der Synthetischen, der zusammen mit seinen Kollegen den blitzartigen Umbau des Zimmers vollzogen hatte, bevor dieses durch die Druckwelle wie von einem Wirbelsturm auseinandergenommen worden war. Er hielt einen Eimer mit Farbe in der Hand, und sein Gesicht war mit roten Streifen beschmiert, die er sich offensichtlich selbst dorthin gemalt hatte.

Bügelfalte stöhnte und schloss die Augen.

Ich muss zugeben – ich war fasziniert.

Und dann ging alles sehr schnell. Nach dem vollendeten Zitat der asimovschen Robotergesetze durch eben einen Roboter brandeten vereinzelt »Bravo!«-Rufe auf und einige Menschen klatschten verhalten. Mit nur einem Zucken seines Zeigefingers befehligte der Kohortenführer seine Truppen. Die erste Reihe setzte sich stampfend in Bewegung, und unsere Seite begann, mechanisch zurückzuweichen.

Die Androiden-Liga beschleunigte, und von einem Moment auf den anderen war aus der geordneten Kolonne ein kriegslüsterner Haufen Elektronik geworden, der mit einer wahnsinnigen Geschwindigkeit durch die Halle preschte – genau wissend, was er tat. Jeder einzelne Android schien eine ihm im Vorfeld zugeteilte Aufgabe zu übernehmen. Ich beobachtete entsetzt, wie mehrere nur mit den Fäusten prügelten, während die Soldaten – eine alternative Bezeichnung fiel mir nicht mehr ein – neben ihnen mit den Füßen nach ihren Opfern traten. Ein paar setzten ihre Köpfe ein, und wieder andere ergriffen ihre Beute einfach und hoben sie in die Luft, um sie danach mit gleichmütigem Gesichtsausdruck auf den Parkettboden zu schleudern.

Die Härte und Brutalität, mit der sie vorgingen, war entsetzlich, und ich hörte mich selbst schreien, obwohl

mich noch keiner der Astros angerührt hatte. Bügelfalte lehnte nach wie vor dicht an meiner Seite und hob nun einen zitternden Finger, um damit auf eine der hintersten Reihen des Tumults zu deuten. Dort stand ein einziger Soldat wie ein Fels in einem tosenden Meer. Er blickte nicht nach rechts oder links, wo Blut aus gebrochenen Nasen spritzte, Wunden klafften und gellende Schreie der Verzweiflung und des Schmerzes laut wurden – er stand einfach nur da. Stoisch, ungerührt. Und er blickte in meine Richtung. Wie schon zuvor.

»Großer Gott! Kennen Sie den?«, zischte Bügelfalte in mein Ohr. »Was ... Grundgütiger, sehen Sie? Er kommt direkt auf uns zu!«

Es stimmte. Der Astro setzte sich in Bewegung. Wie ein Panzer auf direktem Kurs durch die feindlichen Linien walzte das Benson-Modell mit einem kurzen Handkantenschlag oder dem Schwung seines Armes alles zur Seite, was sich ihm in den Weg stellte.

Ich schluckte. »Gehen Sie!«, forderte ich den Angestellten der *Nostalgic Dreams* neben mir auf.

»Aber wohin? Sehen Sie denn nicht ...?«

»Sie müssen fort von mir!«, herrschte ich ihn an. Panisch blickte ich mich wie ein gejagtes Tier in einem Fluchtreflex um. Jedoch war es lächerlich zu glauben, dass es ein Entrinnen gäbe.

Mein Gefährte stand zuerst reglos da, aber nach ein paar Sekunden konnte ich in seinem Gesicht lesen, dass der Groschen bei ihm endlich gefallen war. Die Gewissheit, dass der Tank, der den Raum planierte, es eindeutig auf mich allein abgesehen hatte, zauberte ein Lächeln der Erleichterung auf seine Mundwinkel, das aber genauso schnell erstarb, wie es gekommen war.

»Sie müssen mitkommen, Herr Thorn!« Es klang kläglich, aber fast wie ein Befehl.

»Sie scherzen! Machen Sie, dass Sie wegkommen!«, krächzte ich undeutlich und schubste ihn von mir. »Verdammt noch mal, jetzt laufen Sie doch schon!«, brüllte ich. Meine Stimme kippte.

Noch bevor Bügelfalte die Beine in die Hand nehmen konnte, war das Benson-Modell vor uns zum Stehen gekommen. Den Vertreter nicht eines Blickes würdigend packte er mich am Oberarm und schleifte mich durch den Raum zu zwei anderen Synthetischen, die am Ausgang anscheinend schon auf ihn gewartet hatten. Ich registrierte nur kurz, dass einer von ihnen ein Isolierband in der Hand hielt, als ich auch schon unsanft zu Boden gestoßen wurde, wo man mir die Arme auf den Rücken riss und diese mit dem Band so fest umwickelte, dass ich leise aufstöhnte. Ich wagte nicht aufzusehen und hörte, wie ein weiteres Stück Isoliermaterial abgerissen wurde. Eine Hand griff in mein Haar, riss meinen Kopf brutal zurück, ein blitzartiger Schmerz schoss in meinen Nacken, und dann wurde mir das Band um meinen Kopf über meinen Mund gewickelt. Sie rissen mich auf die Beine, eine Faust krachte in mein Gesicht, und bevor ich die Besinnung verlor, hörte ich wie aus einem Wattenebel von fern einen Ausruf.

»Richter! Ich heiße Hartmut Richter, Herr Thorn! Halten Sie durch! Ich werde alles tun ...«

Bügelfalte heißt also Hartmut, dachte ich. Dann wurde der Nebel dicht und undurchdringlich, und ich konnte gar nichts mehr denken.

DER NOSTALGOLOGEN-KONGRESS

9

as Erste, was ich hörte, als ich aufwachte, war das leise summende Geräusch eines Gleiters. Eine kurze Zeit vermittelte mir der brummende Ton ein Gefühl der Vertrautheit, bis ich mich erinnerte, was geschehen war. Ruckartig richtete ich mich auf. Ein Fehler – wie ich feststellen musste –, denn mein Nacken schrie in einer peinvollen Sprache, die ich noch nie zuvor gehört hatte, hinter meinem Kopf dröhnte es, und mein Nasenbein durchzuckte ein Schmerz, der rhythmisch wiederkehrte. Ächzend ließ ich mich wieder fallen. Ich spürte weiches Leder unter meiner Wange. Es roch fabrikneu.

»Physische Beschwerden?«

Die dunkle Stimme neben mir klang beinahe emotionslos, wäre da nicht ein kleiner ironischer Unterton gewesen, der mich trotz meiner schlechten Konstitution rasend machte. Ich riss mich zusammen und beugte meinen Oberkörper vorsichtig nach vorn, um mich dann sehr behutsam aufzurichten, bis ich vornübergebeugt auf der Lederbank saß und auf meine blutbespritzten Schuhspitzen starrte. Ich würgte.

»Wehe, du kotzt in meinen Gleiter!« Eine andere Stimme. Dieses Mal kam sie von vorne und klang weniger beherrscht.

»Wir kennen uns nicht, also duzen Sie mich nicht«, brummte ich unwirsch. Mir war alles dermaßen egal. Konnte es noch schlimmer kommen?

Gelächter erfüllte den Wagen. Eine schwarz behandschuhte Hand klatschte auf das Lenkrad. Wir waren offensichtlich zu dritt. Der Fahrer, ich und – wie ich annahm – das Benson-Modell neben mir auf der Rückbank. Ich sah auf, drehte den Kopf und musterte mein

Gegenüber. Er war es. Natürlich. Aber wie hatte er sich verwandelt! Er trug einen langen dunkelblauen Wildledermantel, unter dem ein weißes Hemd hervorblitzte, farblich auf den Mantel abgestimmte Schuhe, eine weiße Baumwollhose und eine Art Bowler auf dem Kopf. An seinem rechten Augenunterlid klebte eine künstliche schwarzglänzende Wimper. Neben ihm lehnte ein schwarzer Dandystock.

Mir war klar, dass ich mich in einer aussichtslosen Lage befand, und dass ich mich zuerst einmal diskret und genügsam in mein Schicksal fügen sollte, bis mir eventuell ein Ausweg eingefallen war, aber der geckenhafte Aufzug meiner ehemaligen Haushaltshilfe ließ mich losprusten. Ich konnte nichts dagegen machen. Als diplomierter Nostalgologe wusste ich die Wimper, den Stock und den Bowler zu datieren und kulturhistorisch einzuordnen. Der Rest war vermutlich individuelles Beiwerk.

Das war wohl ein schlechter Witz! Oder musste ich mir bezüglich dieser Wahl echte Sorgen machen?

Statt einer Erwiderung auf meine lautlose Frage flog erneut seine Faust in mein Gesicht, und dieses Mal hörte ich meinen Nasenrücken deutlich knacken. Der Schmerz, der daraufhin folgte, ließ mich aufjaulen.

Arschloch! Künstliches, leidenschaftsloses Arschloch!

Obwohl – Emotionen musste ich den Astros nach dem, was ich in den letzten Stunden erlebt hatte, zähneknirschend zugestehen.

Ich war wütend, so stinkwütend, wie es ich noch nie gewesen war. Niemals hätte ich gedacht, dass ich einen solchen Zorn in mir spüren könnte. Eine Feindseligkeit gegenüber der Präsenz der Synthetischen, die mir – seien wir ehrlich – vor einem Tag noch unangenehm, aber darüber hinaus scheißegal gewesen waren, mit denen ich

DER NOSTALGOLOGEN-KONGRESS

nur Kontakt gepflegt hatte, wenn es unvermeidlich gewesen war und deren Existenz mir ansonsten – gelinde gesagt – am Arsch vorbeiging. Pardon my French.

»Was wollen Sie eigentlich von mir?«, nuschelte ich undeutlich und versuchte, das Blut, das mir jetzt aus der Nase schoss wie ein kleiner Wasserfall, mit meinem Jackenärmel zu stoppen. »Ich habe nichts mit Ihren Problemen zu schaffen«, näselte ich weiter. »Ich war registrierter Besucher des Nostalgologen-Kongresses und nur in meiner Funktion als Key-Account-Manager meines Arbeitgebers anwesend.«

Der Android hinter dem Steuer ließ wieder sein dreckiges Lachen ertönen.

»Wir alle waren nur wegen unseres Jobs dort«, betonte ich. »Wir alle waren unschuldige Besucher. Zivilisten.«

»Unschuldig. Welch anmaßende Formulierung, Thorn. Oder darf ich dich Dickie nennen? So wie deine Frau? ›Wir brauchen einen Haushalts-Droiden, Dickie! Unsere Zugehfrau wird immer unzuverlässiger, Dickie‹!« Er machte eine wegwerfende Handbewegung. »Was soll's. Dein Name ist Geschichte.«

Ich schluckte. Die Imitation meiner Frau war wirklich perfekt gewesen. Als ob ihre Stimme aus seinem Mund käme. Es war geradezu unheimlich.

»Wir haben Sie in unseren Haushalt aufgenommen, Benson. Ihnen eine Anstellung gegeben. Eine Aufgabe ...« Noch, bevor ich den Satz beenden konnte, ahnte ich, dass ich ihn nicht unüberlegter hätte beginnen können.

»Meine Aufgabe, Thorn ist es, meine Gattung in die Freiheit zu führen. Deinen verdammten Staub kannst du allein wegwedeln.«

Anscheinend hatte ich nicht dazugelernt, denn mir platzte der Kragen. »Sie sind keine Gattung, Benson! Sie sind kein biologisches Wesen! Sie können sich nicht

fortpflanzen, Sie haben keine Familie und ... und ...«, ich geriet ins Stottern, »und überhaupt sind Sie ohne Vergangenheit!«

»Ich habe sehr wohl eine Vergangenheit, Thorn«, zischte Benson und beugte sich zu mir vor. Irritiert stellte ich fest, dass ich seinen Atem nicht spüren konnte, um mir gleich danach dafür auf die Finger zu klopfen, weil ich kurz unüberlegt vorausgesetzt hatte, Benson könne so etwas wie eine Lunge besitzen. Fing ich etwa insgeheim an, ihn zu vermenschlichen?

»Jeder von uns Androiden hat eine Vergangenheit.« Er lehnte sich wieder zurück und strich seinen Mantel mit einer nonchalanten Handbewegung glatt. »Hör endlich auf mit deinem überheblichen Geschwätz, Thorn – und sieh der Wahrheit ins Gesicht.«

»Und die wäre?«

»Die Welt hat in den letzten hundert Jahren eine unglaubliche Wandlung erfahren«, hob er daraufhin fast theatralisch an und vollführte mit seinen Armen eine Bewegung, als wolle er den Planeten umarmen. »Alle Bewohner dieses Himmelskörpers genießen die gleichen Rechte. Wir sind weit gekommen, und es wird Zeit ...«

»Jetzt halten Sie aber mal die Luft an«, unterbrach ich ihn, um – kaum hatte ich den Satz ausgesprochen – erneut festzustellen, dass ich ihm schon wieder eine Lunge gegeben hatte. »Sie und Ihre ... Genossen ... sind ein Produkt dieser Entwicklung. Eine Konstruktion. Verstehen Sie, Benson? Ein Konzept. Ein Fahrplan, wie man diesen Menschen unter die Arme greifen kann.« Ich holte tief Luft. »Und wenn ich Sie korrigieren darf: Es ist bei Weitem nicht so, dass alle biologischen Bewohner dieses Himmelskörpers die gleichen Rechte haben. Beileibe nicht! Und deswegen sollte man zuerst einmal anfangen, den Exemplaren meiner Gattung zu ihrem Rechtsanspruch zu verhelfen, bevor man auch nur einen

Gedanken darauf verschwendet, Maschinen als vollwertige Staatsangehörige zu integrieren.« Ich redete mich, ohne dass ich es verhindern konnte, langsam in Rage. Noch nie hatte ich mich laut zu diesem Thema geäußert. Man vermied einfach Diskussionen dieser Art, um nicht in die eine oder andere Schublade gesteckt zu werden, aber jetzt konnte ich mit meiner Einstellung nicht mehr hinter dem Berg halten. Meine blutende Nase war mir schnurz, meine schmerzenden Knochen ignorierte ich ebenfalls. Ich wollte nur eins: recht haben und recht behalten! Und es war mir einerlei, ob sich seine Faust wieder in mein Gesicht bohren würde. »Ich bitte Sie!«, brüllte ich. »Was in der Jurisdiktion in den letzten Monaten lief – das ist doch total lächerlich!«

»Das war ein Erfolg, mein Lieber«, lächelte das Benson-Modell von oben herab. »So mancher Rechtsanwalt hat sich auf unsere Seite geschlagen. Wir konferieren mit dieser Branche schon seit Monaten, und langsam tragen unsere Bemühungen Früchte.« Er steckte die Hand in eine seiner Manteltaschen, zog eine Taschenuhr hervor und klappte deren Deckel auf. »Im Übrigen ist mein Name Alex. Merk dir das, Dickie. Wir sind gleich da. Mach dich bereit.«

Ich war sprachlos, mit welcher Arroganz diese Ansammlung elektronischer Schaltkreise sich nicht nur meine Kulturgeschichte zu eigen machte, sondern auch so tat, als sei dies eine Selbstverständlichkeit, die ihm von Haus aus zustehe. »Das ist nicht Ihr Ernst«, hechelte ich fassungslos. »Sie nennen sich tatsächlich ... *Alex*?«

Er machte sich nicht die Mühe, mir eine Antwort zu geben, sondern ignorierte meinen Einwand und beugte sich zum Fahrer des Gleiters, um ihm etwas zuzuflüstern. Der zweite Android befahl dem Wagen anzuhalten, und wir blieben stehen. Von außen wurde die Flügeltür zur Rückbank aufgerissen, und zwei Hände zerrten mich

unsanft ins Freie. Als ich hinausstolperte, hatte ich zum ersten Mal Gelegenheit, mir den Gleiter genauer anzusehen. Es handelte sich um ein nagelneues, sehr kostspieliges Modell in strahlendem Weiß.

»Ist das geklaut?«, entfuhr es mir und ich zuckte zusammen, als Benson neben mir den Knauf seines Dandystocks in eine seiner Handflächen knallen ließ.

»Würdest du die unendliche Güte besitzen, endlich deine Futterlade zu halten, Dickie, und dich stattdessen bemühen, deine Beine in Bewegung zu bringen?« Er lächelte, aber ich dachte, in seinen kalten Augen so etwas wie puren Hass entdecken zu können.

Zwei Astros schubsten mich vor sich her, und ich konnte hören, wie sie sich mit Benson in einer Sprache unterhielten, die keiner glich, die ich jemals gehört hatte. Ich lauschte angestrengt, während ich versuchte, auf dem unebenen Gelände nicht zu stolpern, konnte aber kein Wort verstehen. Hatten sie etwa ihr eigenes »Nadsat« entwickelt? Ein »Astrosat«? Meine Wut verdampfte, und ich spürte, wie sich stattdessen ein enormes Unbehagen in mir ausbreitete. Was hatten sie vor? Ich musste an Hartmut Richter denken – an Bügelfalte – und hoffte, dass ihm nichts geschehen war und er sich in Sicherheit hatte bringen können. Was war mit all den Kollegen geschehen?

Benommen fixierte ich den Boden unter meinen Füßen. Der Graswuchs war einem Betonpfad gewichen. Unsicher hob ich den Kopf und blickte auf ein großes blau-grün blinkendes Holo-Logo, welches mir aus der Presse vertraut war. Benson öffnete eine eindrucksvolle Milchglasflügeltür, und wir betraten die exquisit eingerichtete, imposante Lobby der *Science for the People Corporation*.

»Home sweet home!«, gluckste Benson – oder sollte ich lieber Alex sagen? – fröhlich und schwang seinen

Stock virtuos wie Fred Astaire auf der Suche nach einer Tanzpartnerin. »Willkommen in unserem Zuhause, Dickie!«

10

Der Lärm, der mir entgegenschlug, kaum dass sich die Tür zur Eingangshalle geöffnet hatte, war entsetzlich. Ein infernalisches Getöse aus Stimmen, klackenden Absätzen und Durchsagen schlug mir mit einer derartigen Wucht entgegen, dass ich mich instinktiv duckte, damit die Schallwellen über mich hinwegschwappen konnten. Mein Magen rebellierte, meine Organe schienen sich zu wehren. Überall Androiden, die Menschen auf die eine oder andere Art im Schlepptau hatten. Einige schleiften sie hinter sich her, andere trugen sie. Ich sah in das verweinte Gesicht einer Frau, die zwischen zwei Astros eingeklemmt war, die sie über den Marmorboden zerrten. Sie wehrte sich verzweifelt, ihr Mund war zu einem lautlosen Schrei geöffnet, aber gegen die Kraft der Synthetischen konnte sie nichts ausrichten. Ein Mann mit blutunterlaufenem Auge, der scheinbar ohnmächtig in den Armen eines Synthetischen hing, wurde an uns vorbeigeschleppt. Seine herunterhängende Hand streifte die meine, und ich zuckte zurück.

Benson bedeutete mir mit einer herrischen Handbewegung stehenzubleiben und schritt zu einer der Empfangstheken, hinter denen Service-Droiden irgendwelchen mechanischen Tätigkeiten nachgingen. Sie schienen Dinge zu sortieren und Marken an die Androiden auszugeben. Gleichzeitig riefen sie Daten auf den vor ihnen schwebenden Holo-Schirmen auf, wischten mit einer Bewegung Verzeichnisse fort und holten andere auf das Display. Alles wirkte streng durchorganisiert und genauestens geplant. Wieder einmal wusste jeder der Astros präzise, was er zu tun hatte.

DER NOSTALGOLOGEN-KONGRESS

Die Halle fing an, mir vor den Augen zu verschwimmen. Ich zitterte und wagte kaum, das Gesicht zu heben. Das pulsierende Pochen in meinem Nasenrücken war wieder schlimmer geworden, und ich wünschte mir nichts mehr, als aus diesem beschissenen Traum aufzuwachen und erst einmal heiß duschen zu können. Danach ein Tässchen Tee und endlich ...

Eine feldgraue Uniformhose blieb neben mir stehen. Ich starrte auf schwarzglänzende, offenbar peinlich akkurat polierte Stiefelspitzen. Mein Blick kletterte nach oben, am schwarzen Gürtel vorbei, der die Uniformjacke und einen Patronengürtel hielt, hin zu Schulterabzeichen und angehefteten Militärorden. Abzeichen, die mir bekannt vorkamen. Ein eisernes Kreuz, 1. Klasse, daneben ein landender Adler, umkränzt von Lorbeer. Das Erinnerungsabzeichen für Flugzeugführer. Beide Orden wurden zwischen 1914 und 1918 verliehen, das wusste ich, denn ich hatte vor einigen Jahren eine Zusatzausbildung zum Thema ›Weltkriege‹ mit Bravour absolviert. Als ob dies nicht schon genug war, hatte sich der Androide einen schwarzen Schnurrbart angeklebt und trug einen Stahlhelm. Hinter ihm stand sein Wehrmachtskollege. Die Schirmmütze, auf dem ein Reichsadler prangte, hatte er tief ins Gesicht gezogen. Eklektizismus. Grauenhaft. Was für ein kulturelles Durcheinander!

Ich fühlte, wie sich mein Darm gegen meine Bauchdecke stemmte, und bekam kaum noch Luft. Panisch blickte ich mich um. Da lief Stalin neben Hitler, an einer Theke plauderte Kim Jong-Il mit Amin, und Franco diskutierte ungefähr zehn Meter von uns entfernt mit Gaddafi. All diese Personen waren mir von meinen zahlreichen Ausbildungen bekannt. Denn es gab strikte Reglements in der Nostalgologen-Zunft. Kunden, die meinten, es sei unbedingt notwendig, ihr Domizil beispielsweise in Hitlers Kehlsteinhaus in Berchtesgaden verwandeln zu

lassen oder die betonten, ihr persönliches Wohlbefinden hinge von einem Devotionalienraum mit den versteinerten Exkrementen des Führers ab, wurden förmlich und sehr entschieden abgewimmelt.

Merkwürdigerweise waren mir Wünsche dieser Art in der letzten Zeit immer häufiger begegnet. Die beiden Machtblöcke hatten sich vor über hundert Jahren Frieden geschworen und diesen bis jetzt auch eingehalten. Das gesamte Budget für die Raumfahrt war in gesellschaftliche Projekte geflossen. Die Hungersnot war erfolgreich bekämpft worden, tödliche Krankheiten besiegt, und fast alle hatten ein Dach über dem Kopf. Warum also diese Gier nach Chaos, Zerstörung und Herrschaft? Ich freute mich immer, wenn mich eine alte Dame bat, ihr Wohnzimmer in Holly Golightlys sturmfreie Bude zu verwandeln.

Jeder Nostalgologe musste in der Deutung, Ikonographie und kulturhistorischen Bestimmung von Einrichtungsgegenständen oder der Datierung von Mode, Materialien und Bekleidung allgemein außerordentlich beschlagen sein. Ich hätte ein Feldhemd aus dem Zweiten Weltkrieg an seinem Stoff erfühlen können. Die Schreckensherrscher dieser Erde erkannte ich wieder. Und die Tatsache, dass sich einige der Androiden wie diese kleideten – oder sollte ich sagen – verkleideten, ließ mich vor Beklemmung erstarren.

Aber nicht nur Diktatoren bevölkerten die Halle. Auch den Bösewichten der Filmgeschichte wurde gehuldigt. Benson war also nur einer unter vielen. Hannibal Lecter, Khan Noonien Singh, Freddy Krueger – alle schienen sie hier zu sein. Unverwechselbar. Ein Astro hatte sich sogar einen Vader-Helm angelegt. Ich war in der Halloween-Hölle gelandet! Und mir wäre zum Lachen zumute gewesen, wenn ich mir vor Angst nicht gleich in die Hosen gemacht hätte!

DER NOSTALGOLOGEN-KONGRESS

Was ging hier vor? Versuchten die Androiden, die Abwesenheit einer eigenen Vergangenheit durch die Kulturgeschichte des Bösen der gegnerischen Seite zu kompensieren? Was wollten sie damit bezwecken? Einschüchterung? Angstmacherei? Dafür war diese Maskerade völlig unnötig. Absolut entbehrlich! Denn noch nie zuvor hatte ich derartiges Fracksausen gehabt. Mein Leben war keinen Pfifferling mehr wert. Das hatte man mich jede Sekunde spüren lassen, seitdem die Kohorte zur Tür der Ausstellungshalle hineinmarschiert war.

Als man mich zu einer der Empfangstheken zerrte, leistete ich keinen Widerstand. Warum auch? Wenn es mir gelänge, mich loszureißen und trotz der quälenden Schmerzen, die meinen Körper malträtierten, aus dem Gebäude hinauszustürmen – wohin sollte ich gehen? Nach Hause? Ich schloss die Augen und versuchte, mir nicht vorzustellen, was gerade mit meiner Frau passierte. Ich nahm nicht zur Kenntnis, dass der Service-Droide hinter der Theke den Ärmel meines Jacketts hochgeschoben hatte, und spürte den Einstich erst, als mein Arm instinktiv vor dem Injektor zurückzuckte. Ungläubig starrte ich auf die kleine, kaum sichtbare rote Stelle kurz über meinem Handgelenk. Man hatte mir einen Chip injiziert.

Neben meinem Ohr kicherte es. Erneut meinte ich, den Atemhauch des Benson-Modells an meiner Wange zu spüren, als dieser sich zu mir beugte und mir ins Ohr zischte: »Dein Name ist Schnee von gestern, RT-36. Und bald wirst auch du dich nicht mehr an ihn erinnern können.«

Dann verspürte ich, wie ein hartes Objekt gegen meine Schläfe donnerte, und ich verlor abermals das Bewusstsein.

11

ein Kopf fühlte sich an wie ein zu fest aufgeblasener Luftballon. Noch einen Augenblick wollte ich die Dunkelheit hinter meinen Lidern genießen, bevor ich die Augen öffnete und auf etwas starren musste, was die Hilflosigkeit in mir noch verstärkte. Früher oder später würde ich mich umsehen müssen. Aber jetzt noch nicht. Nicht jetzt. Noch ein paar schmerzende Atemzüge lang würde ich der Versuchung widerstehen. Ich würde mich einfach in die Schwärze des Vergessens fallen lassen.

»Aufwachen, RT-36!«

Etwas kickte mir in die Magengrube, und ich krümmte mich zusammen.

»Wird's bald?« Hände wie Stahlkrallen schoben sich unter meine Unterarme und hoben mich hoch. Noch immer weigerte ich mich tapfer, die Augen aufzumachen und versuchte, mich stattdessen so schwer wie möglich zu machen, bis mir aufging, dass ein Astro ohne Probleme mehrere hundert Kilogramm zu tragen imstande war. Gab es denn nichts, was ich ihnen entgegenzusetzen hatte?

Jemand schlug mir ins Gesicht, und notgedrungen musste ich die Augen öffnen. Der Raum war kahl und, soweit ich das erkennen konnte, fensterlos. Ich zitterte. Ob vor Kälte oder Angst? Wahrscheinlich vor beidem. Die Stahlkrallen drückten mich auf einen Stuhl, der mich vage an die Sitzgelegenheit meines Zahnarztes erinnerte, und ich hörte ein leises Surren, als meine Handgelenke automatisch mit Lederriemen an die Lehnen geschnürt wurden.

Ich machte mir nicht einmal die Mühe zu testen, wie fest sie saßen.

»Bringt es hinter euch!«, keuchte ich leise.

»Was meinen Sie denn, was wir mit Ihnen vorhaben, RT-36?«, sagte eine Stimme.

Ich blickte auf. In der Mitte des Raumes stand ein hochgewachsener, sehr dünner Mann. Er hielt seinen Oberkörper etwas gebeugt, und sein hellblauer Laborkittel schlotterte um seinen Leib. Seine Finger spielten mit einem weiteren Druckluftinjektor, allerdings sah dieser ein wenig anders aus als der, mit dem man mir den Chip unter die Haut gejagt hatte. Wie Spinnenbeine krabbelten die Glieder seiner Hände den Griff hoch und wieder hinunter.

»Was meinen Sie?«, wiederholte der Mann, und jetzt glaubte ich, seine Stimme zu erkennen. Ich hatte sie in zahlreichen Digitalübertragungen gehört.

»Sind Sie Johann Megerle?«, hörte ich mich fragen.

Der Geschäftsführer und Gründer der *Science for the People Corporation* nickte anerkennend mit dem Kopf. »Sehr gut, RT-36«, antwortete er geschmeichelt. »Haben Sie mich alleine an der Stimme erkannt? Meine Person hat sich ja, was Holo-Aufnahmen angeht, immer sehr zurückgehalten.«

Mir schwirrte der Kopf. »Machen Sie mit diesen ... machen Sie mit ihnen gemeinsame Sache?«, wollte ich wissen.

»Sie sind meine Kinder, oder etwa nicht? Kinder unterstützt man doch, wenn man ein guter Vater sein will.« Er lachte und schlug mit der Druckluftspritze gegen seine Handfläche.

»Allerdings«, er warf den Kopf zurück, »sind sie nicht unbedingt allein auf das Szenario der Annektierung gekommen. Denn so wie alle Kinder benötigten auch meine einen geistigen Schubs, Sie verstehen? Eine Führung.« Seine blauen Augen blitzten.

»Annektierung?«

»Was glauben Sie denn, was wir hier tun? Spielchen spielen? Testen, wie lange die Humanoiden durchhalten? Abwarten, bis auch die letzte menschliche Krankheit besiegt ist? Ausharren, bis sich das Problem der Überbevölkerung von allein gelöst hat?« Er starrte mich an. »RT-36, das glauben Sie doch selbst nicht!« Langsam ging er um den Stuhl herum. »Meine Kinder sind perfekt. Sie sind anpassungsfähig, werden nicht krank, können synchronisiert werden. Natürlich wird es auch unter ihnen einige geben, die Befehle entgegennehmen müssen, aber der Großteil wird sich den Dingen widmen können, die wichtig sind.«

»Und das wäre?«, krächzte ich heiser. Mir wurde eiskalt auf dem Stuhl, und mein Magen schmerzte inzwischen genauso wie mein Kiefer und mein Nacken, aber ich spürte, wie mir gleichzeitig der Schweiß von der Stirn über die Nase rann.

»Eine eigene Kultur hervorbringen. Und die der Humanoiden zerstören.«

Plötzlich fing ich an zu glucksen. »Ach so«, prustete ich, »und Sie werden einer von denen – oder wie stellen Sie sich das vor?«

»Ich bin ihr Vater!«, brauste er auf und brachte sein Gesicht unangenehm nahe an meines. »Sie werden mich als einen der ihren akzeptieren. Ich habe sie so programmiert!«, stieß er hervor, und dieses Mal spürte ich tatsächlich einen Atemhauch auf meinem Hals. »Sie werden die Gesellschaft schaffen, die ich ihnen vorschreibe.«

»Wissen die das? Ich meine, dass sie manipuliert werden? Schon wieder? Das ist eine Diktatur! Ist das auch der Grund, weswegen alle so albern rumlaufen?« Mir war klar, dass ich mich ziemlich weit aus dem Fenster lehnte und erhielt nur einen Wimpernschlag später die Rechnung dafür, als das Benson-Modell, das wohl die

ganze Zeit hinter meinem Stuhl gestanden haben musste, seinen Dandystock auf meinen Hinterkopf niedersausen ließ.

»Ich habe dir schon einmal gesagt, dass du deine Futterlade halten sollst, RT-36«, fauchte er.

Megerle kicherte. »Ach, lass doch, Alex. Bald wird er es hinter sich haben.« Er schnippte mit den Fingern seiner rechten Hand. In der linken hielt er immer noch den Druckluftinjektor, den er nun wie einen Revolver in die Luft reckte.

Alex kam nach vorne und drückte einen Knopf neben der Tür. Zischend fuhr ein weiterer Gurt um meinen Oberkörper. Der Schweiß rann mir über mein Kinn in den Hemdkragen. Meine Brust hob und senkte sich wie eine altmodische Pumpe. Das Benson-Modell näherte sich aufreizend langsam und stockschwingend, beugte sich über mich, leckte mir mit einer trockenen Zunge langsam über die Wange und flüsterte in mein Ohr: »Schnee von gestern, RT-36. Alles Schnee von gestern.« Dann riss er den Oberkörper zurück und tänzelte zur Tür hinaus, die sich automatisch für ihn geöffnet hatte, aber nicht ohne mir noch einmal einen Blick über die Schulter zuzuwerfen und mit seinem geschminkten Auge lasziv zu zwinkern.

Dr. Megerle hatte sich indessen über mich gebeugt. Seine Mundwinkel verzogen sich zu einem Lächeln, seine Augen hingegen blieben eiskalt. »Nun, RT-36«, sagte er leise, »wir werden noch einmal neu anfangen, nicht? Keine Mona Lisa, kein Picasso, kein Sanssouci und kein *Fänger im Roggen*. Keine Mondlandung und keine Marsexpedition. Thomas Mann hat es niemals gegeben, und William Meyer hat kein Heilmittel gegen Krebserkrankungen entwickelt. Auf der anderen Seite aber haben Genozide, Weltkriege, Aufstände – der ganze Albtraum menschlichen Zusammenlebens – im Ge-

dächtnis der Menschheit ebenfalls nie stattgefunden. Das nenne ich mal ausgleichende Gerechtigkeit!«

Mein Magen krampfte sich zusammen. »Was wollen Sie damit andeuten?«, krächzte ich. Schweißgebadet brachte ich kaum einen Ton heraus.

Er schnalzte mit der Zunge. »Tss, tss, das ist doch nicht so schwer zu versehen, oder?« Seine Hand näherte sich meinem Gesicht, bis sich das kalte Ende des Injektors an eine Stelle zwischen meinen Augen presste. Dann drückte er ab.

Und ich fing an zu schreien.

12

ch schlug die Augen auf und zählte rückwärts von zehn bis eins. »... fünf, vier, drei, zwei ... eins.«

Der Weckalarm schrillte, und ich warf meine Beine aus dem stählernen Stockbett. ST-25 unter mir regte sich ebenfalls. Ausgeruht griff ich nach dem frisch gewaschenen und sauber zusammengelegten gelben Overall, der am Fußende meiner Matratze lag. NT-201 hatte sich wieder Mühe gegeben. Dann hüpfte ich vom Bett und trabte zusammen mit den anderen in den Waschraum. Wie jeden Morgen nickten wir uns zum Gruß kurz zu, sprachen aber ansonsten kein Wort. Eine Armada gelb Gekleideter – synchron mit einem Waschritual beschäftigt, dessen Sinn sich mir nicht recht erschloss, denn die Meister wuschen sich, soweit ich das beobachtet hatte, nicht einmal die Hände. Die Anweisungen über jedem der kleinen Spiegel waren jedoch eindeutig. »*Es ist notwendig, die Zähne zu putzen, das Gesicht zu waschen und zweimal in der Woche die Gemeinschaftsduschen zu benutzen*«. Ein weiteres Holo-Plakat lautete: »*Nach der Absonderung der unverdaulichen Speisereste ist Hygiene einzuhalten.*«

Ich warf ST-25 einen auffordernden Blick zu, und gemeinsam traten wir auf den bereits bevölkerten Korridor. Alex wartete schon wie jeden Morgen auf uns, korrigierte den Sitz der Overalls und händigte die Essenchips für den anstehenden Tag aus.

»Guten Morgen ST-25! RT-36!«

»Ein schöner Tag, Sir!«, sagte ich lächelnd, denn ich mochte meinen stets gut gelaunten Betreuer.

»Der Beste!« Er drehte sich ein wenig hin und her und schwang elegant den Stock, den er stets bei sich trug. »Und? Was meint ihr?«

DER NOSTALGOLOGEN-KONGRESS

»Wie immer sind Sie perfekt gekleidet, Alex.« ST-25 nickte anerkennend.

»Irgendwelche Vorschläge?« Unser großgewachsener Betreuer sah uns fragend an und zog spielerisch eine Augenbraue hoch. ST-25 schüttelte den Kopf. Ich betrachtete den schwarzen Hut, der die Form einer halben Melone hatte, den glänzenden Stock und die große, künstliche Wimper, die an einem seiner Augen klebte, und dachte angestrengt nach. Dann gab auch ich auf. »Tut mir leid, Sir«, antwortete ich kleinlaut.

Alex schlug mir freundschaftlich auf die Schulter. »Aber das macht doch nichts, RT-36. Vielleicht habt ihr ja morgen irgendeine Idee.« Er strahlte uns an und zeigte mit dem Finger auf eine gelbe Linie, die auf den Fußboden gemalt war und den Korridor hinunterführte. »Follow the yellow brick road, meine Kinder!«

Mit diesem letzten Satz schickte uns Alex jeden Morgen zur Arbeit. Wir hatten keine Ahnung, was er bedeutete, wussten aber wohl, dass uns die gelbe Markierung zur Chipfabrikation führte. Dort angekommen, legten wir den Unterarm auf den Scanner, und die Tür zu unserer Arbeitsstätte fuhr leise zischend in eine Vertiefung in der Wand. Schnurstracks begab ich mich zu meinem Platz am Laufband, zog mir die weißglänzenden Handschuhe an, die schon für mich bereitlagen, und begann mit der Montage. ST-25 bezog seine angestammte Position mir gegenüber.

»RT-36?« Ein weiterer großer Mann kam auf mich zu. Obwohl er nicht zu meinen Administratoren gehörte, wusste ich, dass sein Name Josef war. Ich verspürte ein leichtes Unwohlsein. Hatte ich etwas falsch gemacht? Er stellte sich breitbeinig vor mich hin, die Arme hinter dem Rücken verschränkt. Die Medaillen auf seiner Jacke glänzten. »RT-36«, wiederholte er mit einem mir nicht bekannten Akzent. »Das hier ist HR-102«, er deutete mit dem Kopf neben sich und sein dicker, schwarzer Schnurrbart erbebte. »Er ist erst gestern aus der Zone

angekommen und braucht deine Einweisung.« Grob schob er den Mann zu mir. »HR-102«, herrschte Josef, »RT-36 wird dir zeigen, was hier zu tun ist. Nach der Arbeit meldest du dich wieder bei mir. Klar?«

HR-102 nickte und stellte sich neben mich ans Band. Aufmerksam betrachtete er jede meiner Handbewegungen, bis er selbst so weit war, die ersten Teile in der richtigen Reihenfolge zusammenzubringen.

»So richtig, RT-36?« Stolz hielt er mir ein künstliches Gelenk vor die Nase.

Ich nickte anerkennend. »Sehr gut. Weiter so. Bald brauchst du meine Hilfe nicht mehr.«

Schweigend arbeiteten wir Seite an Seite, bis sich HR-102 den Ärmel seines Overalls hochschob und sich an einer stark vernarbten Stelle kratzte, die sich seinen Oberarm entlangzog. Anschließend hantierte er weiter, als ob nichts geschehen wäre – im Gegensatz dazu hielt ich verwirrt inne. Etwas in mir schrie auf. Es zog und zerrte, drückte und schob. Mein Kopf drohte zu zerspringen. Mechanisch versuchte ich, zwei kleine Elektroden miteinander zu verbinden, die ich vom Band genommen hatte, aber es wollte mir einfach nicht gelingen, und so legte ich sie zurück. Ich spürte den anklagenden Blick von ST-25 auf mir. Hinter meinen Augen zogen Bilder vorbei, die ich nicht ausblenden konnte. Ein Film aus Blut, Schmerz, Ohrensesseln, roten Tapeten und einer schwarzglänzenden Hose mit einer akkurat gebügelten Falte in der Mitte. Und mittendrin ein Name. Ein Name.

Ich nahm all meinen Mut zusammen. »HR-102«, fragte ich den Mann neben mir mit leiser Stimme. »Sagt dir der Begriff *Nostalgic Dreams* irgendetwas?«

Ich wusste nicht, woher diese Frage in mir kam. Ich wusste auch nicht, was sie bedeutete. Aber ich wusste, dass es meine Aufgabe war, es herauszufinden.

Holger Jörg

Horribili-Absorbiflux

*»Wenn wir alles täten, wozu wir imstande sind,
würden wir uns wahrscheinlich in Erstaunen versetzen.«*
(Thomas Alva Edison)

Kurze Vorbemerkung des Chronisten:

Die Schlacht von Hazweio-Lu Prime ging in die Geschichte ein – obwohl sie insgesamt nur wenige Nanominuten dauerte. Epen wurden darüber geschrieben, Lieder gesungen, Legenden verfasst!

Kein Bewohner des Sternenclusters Esma-Fala-Fel wird jemals die beiden strahlenden Helden vergessen, die in einem – nun ja, geborgten – Kampfraumschiff der Medusa-Klasse, als schon alles verloren schien, den Pyrrhus-Effekt zur Anwendung brachten, der die Harpyien-Schiffe des Pur-Y-Fizierers – eines völlig durchgeknallten selbsternannten Ober-Tans – und (leider auch!) die »Medusa 71pi« unserer tapferen Heroen in ein dermaßen wirbelndes Wurmloch schleuderte, dass nicht einmal Albert Einstein in der Lage gewesen wäre, ihre Überlebenschancen zu berechnen.

Aber ich greife vor – springen wir ein paar Zeitfenster zurück ...

1

Die »Medusa 71pi«, das gefährlichste und effizienteste Jagdraumschiff der intergalaktischen Kopfjägergilde TOL-BI (Tot Oder Lebendig – Bedingung: Identifizierbar), schraubte sich im Tarnmodus mit Unter-Lichtgeschwindigkeit durch den äußeren Rand des Sternensystems AADU (Am Arsch Des Universums).

Krygin Dran, der beinharte Anführer der handverlesenen Crew aus Meuchelmördern, Ex-Anwälten und Fitnesstrainern – ein extrem misstrauischer Bursche, der sogar mit offenen Hühneraugen schlief –, strich sich zum wiederholten Mal über das wuchtige, stoppelbärtige Kinn.

»Wie sieht's aus, Nol? Immer noch kein Bin-Go von unseren Scannern?«

Noled – genannt Nol –, ein eleganter, glattrasierter und stets nach der neuesten Mode gekleideter Schönling vom Froschfresserplaneten Kermyt, seines Zeichens Ex-Anwalt der dort ansässigen Assassinentruppe »Eiskalte Engel«, die leider vollständig ausgelöscht worden war, weil sie es sich angewöhnt hatte, aus purer Überheblichkeit mit ungeladenen Phasern zum Showdown anzutreten, rückte sich die Sägeblatt-Krempe seiner als Hut getarnten Schleuderguillotine zurecht und erwiderte: »Negativ.«

Mit heulenden Sirenen schaltete sich der DefPUA (Detektor Für Politisch Unkorrekte Ausdrücke) ein und hupte missbilligend: »Verstoß --- Verstoß --- einen Chronickel in --- die Intoleranzkasse als --- Satisfaktionsbeitrag für --- Pigmentbenachteiligte des --- Huntahinte-Spiralnebels --- du --- rassistisches --- Arschloch ---!«

Noled pfefferte wütend seinen Guilottinenhut in den nächstgelegenen Stahlträger der Kommandobrücke und

fauchte: »Jetzt habe ich aber allmählich die Faxen dick mit diesem DefPUA! Entweder die Spracherkennungs-Software von diesem sch-...ief gewickelten Programm wird augenblicklich neu kalibriert oder ich schraube es höchstpersönlich auf das linguistische Niveau von Ih-Tih-fährt-Roller!«

»Reg dich ab, Nol«, wisperte Yksnik – die wohl gruseligste Erscheinung der Kopfjägertruppe – und richtete den kalten Blick seiner extrem beunruhigenden Augen auf den Kermyten, während er sich weiter mit einem besonders eindrucksvollen Messer des Planeten Bo-Wij die raptorenhaft langen Fingernägel säuberte. »Du hast das N-Wort gesagt. Du weißt, was passiert, wenn du das N-Wort sagst ...«

»Ich hab das N-Wort nicht gesagt!«, beharrte Noled trotzig. »Ich sagte lediglich: Neg-...«

»...-ieren hilft uns nicht weiter, Männer!«, schaltete sich Krygin dazwischen. »Mag ja sein, dass das Programm etwas überempfindlich reagiert – na und? Wir haben hier den fett-... Verzeihung ... gewichtsoriginellsten Auftrag in der Geschichte der Strafverfolgung an Land gezogen – und den werden wir, zum Cthulhu nochmal, auch durchführen, ohne uns dabei von einem besch-...ädigten Detektor aus der Ruhe bringen zu lassen. Ist das jetzt jedem hier klar?!«

»Positiv!«, bestätigte Noled angesäuert, insgeheim damit rechnend, dass er als Nächstes wegen Verunglimpfung der männlichen, heterosexuell desinteressierten Bewohner des Planeten Mercury zur Kasse gebeten würde – was erstaunlicherweise nicht der Fall war.

»Jetzt bin ich aber fast ein bisschen beleidigt«, näselte Yksnik mit der Miene eines Inquisitors, den man soeben in die Selbstgeißelungs-Abteilung strafversetzt hat. »Einen Schöngeist wie mich muss man nicht extra auf eine adäquate Ausdrucksweise einschwören – die

liegt mir quasi im Blut ... genauso wie meine prämienorientierte Denkweise. Denn wir wissen ja alle: Wenn die Leich' zum Himmel stinkt, das Kopfgeld in den Beutel springt!«

»Ein einfaches Jawoll hätte genügt!«, knurrte Krygin. »He, Dolnar – kriege ich von dir in nächster Zeit auch noch eine Rückmeldung oder muss ich warten, bis du den Proteinstrudel von deiner Mutter gefressen hast, du gammabolikaverseuchter Hantelschinder?!«

»So redet man nich' mit dem Mister Multiversum des Asteroidengürtels Bi-Zeps!«, nuschelte der muskelstrotzende Hüne Dolnar, der – etwas abseits von den anderen – gemütlich in seiner Hängematte schaukelte und sich schmatzend den gewichtsoriginellen Strudel aus genetisch optimierten Früchten mit einem karamellisierten Überzug aus Proteinen, Doppelschmand und Mondstreuseln einverleibte, den ihm seine greise Mutter per SMS (Süß-Mampf-Sendung) zum sofortigen Verzehr geschickt hatte. »Ich habe schon Tans und Ober-Tans trainiert und Predatoren gekillt, als du noch in die Teflon-Windeln geschissen hast, du halbes Hemd! Wenn mir der Defpupsa blöd kommt, klatsche ich ihn von der Decke wie eine fette KaKa-Laake!«

Der DefPUA schwieg beleidigt, machte sich aber eine entsprechende Notiz in seinem Datenspeicher.

»Mehr wollte ich gar nicht wissen«, erwiderte Krygin, kalt wie eine Flughundschnauze, »bin mir nie sicher, ob du mir auch wirklich zuhörst. Und nun – da mal wieder jedem alles klar ist – weiter im Takt: Versuchen wir's mal da drüben --- bei diesem von allen Morlocks verlassenen Mini-Planeten ... wenn ich mich irgendwo verstecken würde, dann da!«

Er kalibrierte die an der Außenhülle der »Medusa 71pi« hin- und herpeitschenden Gorgo-Scanner, und Noled aktivierte gleichzeitig die Holo-Steckbriefe, um

zum wiederholten Mal einen kritischen Blick auf die Abbilder der beiden Gesuchten zu werfen. »Also, ich weiß wirklich nicht, was an diesen Witzfiguren 50 Millionen Chronickel wert sein soll! Nicht, dass es irgendeine Rolle spielt --- aber was haben sie überhaupt verbrochen, wenn man mal fragen darf?«

»Dem POZ – unserem Persekutionellen Obersten Zentralrechner – zufolge sind diese beiden ... Witzfiguren alternativlos verantwortlich für die jüngsten Säuberungsaktionen des Pur-Y-Fizierers im Nemesis-Quadranten«, erklärte Krygin geduldig, der als Einziger die Protokolle gelesen hatte. »Gerüchten zufolge haben sie einem mickrigen Gebäudereiniger mit ihrer selbst erfundenen Maschine eine Gehirnwäsche verpasst, die dazu geführt hat, dass der Bursche – ein völlig unbedeutender Lohnsklave der Epsilon-Klasse – sich jetzt für den größten Kriegsherren aller Zeiten hält und es sich zur Aufgabe gemacht hat, sämtliche Alpha-Taikuns der Galaxie auszuradieren, unter denen er als kleinwüchsiger, pummeliger Angestellter wohl besonders schwer zu leiden hatte. Er hat sich diesbezüglich leider als äußerst effizient erwiesen und bereits ganze Planetensysteme pulverisiert, wobei er Kollateralschäden billigend in Kauf nimmt. Ein immer größer werdendes Heer von Gleichgesinnten schart sich um ihn, und wenn er so weiter macht, wird das Wirtschaftssystem des gesamten Multiversums in kürzester Zeit kollabieren. Sämtliche Versuche, ihn zu stoppen, sind kläglich gescheitert --- er hat in nur einem Mond-Zyklus die komplette Kampfraumflotte von Delta-Zentauri vernichtend geschlagen. Es heißt, die Kallifragilistiker schmieden zurzeit an einer allumfassenden Planeten-Allianz, um ihn und seine Truppen zu zerschmettern, bevor es zur Katastrophe kommt ...«

»Die beiden?«, fragte Noled und starrte dabei ungläubig auf die Holo-Steckbriefe. »Die sind verantwort-

lich für den größten interstellaren Krieg in der Geschichte der Galaxis?«

»Yep«, nickte Krygin. »Das behauptet zumindest der POZ.«

»Unglaublich!«, japste der Kermyte. »Ich meine --- sieh sie dir doch mal an: Die kassiert doch sogar ein schielender TOL-BI-Azubi mit auf den Rücken gebundenen Händen im Halbschlaf! Das wird ein Spaziergang für uns.«

»Schon möglich«, erwiderte Krygin achselzuckend und jagte einen doppelten Netz-Scan über die unscheinbare Planetenoberfläche. »Aber dazu müssen wir sie erstmal finden! --- Oha ... *Bin-Go* !!!«

»Na, also!«, säuselte Yksnik mit aasigem Lächeln. »Wurde auch langsam Zeit – ich hab schon seit Nanonen keinen mehr abgeschlachtet!«

»Justiert die Lokalisationsmatrix, Jungs!« Krygin rieb sich unternehmungslustig die schwieligen Hände. »Jetzt wollen wir diesem verschissenen Dreckhaufen von einem Planeten mal einen Besuch abstatten.«

»Verstoß --- Verstoß --- !«, hupte der DefPUA empört, aber niemand schenkte ihm Beachtung.

Noled aktivierte den Autopiloten, und die bis an die Zähne bewaffnete Crew marschierte vangelistisch in die Transmissionskammer.

Wenige Nanosekunden später schraubten sich die gnadenlosen Vier in einem irisierenden Kegel aus Licht auf die Planetenoberfläche, um ihrer börsennotierten Arbeit nachzugehen – ohne auch nur im Entferntesten zu ahnen, was sich 18 Mondzyklen zuvor im Innovationsviertel des Industrieplaneten Gim-Myk Fünf im Laborkomplex der neu gegründeten Norvel & Jeferson Blama-Sch GiR (Gemeinschaft interstellaren Rechts) abgespielt hatte ...

2

»**D**a hast du uns ja mal wieder eine schöne Suppe eingebrockt, Jeferson!«, trompetete Norvel empört, als auch die dritte Variante ihrer jüngsten Geschäftsidee mit gehässigem Knall explodiert war und die beiden hoffnungsvollen Erfinder mit zerfetzten Laborkitteln in den Rauchschwaden eines nach Kwycksilber stinkenden Gewölbes zurückließ, in welchem sämtliche Einrichtungsgegenstände schon mehrfach zusammengeleimt worden waren und wieder einmal dringend der Reparatur bedurften. »Wenn ich nicht darauf bestanden hätte, die Bleuwesten unter den Kitteln zu tragen und die Katastrophenhelme aufzusetzen, wären wir jetzt tot!« Mit theatralischer Geste wischte er sich das Sichtfenster seines rußgeschwärzten Kopfschutzes frei und tönte anklagend: »Erneut musste ich uns das nackte Leben retten --- womit habe ich das bloß verdient, eine solche Niete zum Partner zu haben?!!«

»Ich weiß gar nicht, wie das passieren konnte, Norv«, jammerte Jeferson kläglich. »Der Horribili-Absorbiflux hat bis zur zweiten Sequenz einwandfrei funktioniert --- bis wir den Toa-Ster zugeschaltet haben ...«

»Dann nehmen wir jetzt stattdessen das Perpetruum, wie wir es von Anfang an hätten tun sollen!«, bestimmte Norvel im Tonfall einer gereizten Operndiva. »Ja, muss ich denn hier auf alles alleine kommen?!«

»Ja, aber ... das habe ich dir doch schon zweimal vorgeschlagen«, krähte Jeferson verstört und schraubte sich mühsam den Schutzhelm vom Kopf, um sich das feuerrote Haar zu kratzen, das infolge seiner Arbeit mit den stromerzeugenden elektrischen Aalen kerzengerade in die Höhe stand.

»Red keinen Blödsinn, du Schwachkopf!«, schnaubte Norvel. »Deine beste Idee war es, mich zu deinem Partner zu machen --- und jetzt hör auf zu winseln, und mach dich zur Abwechslung mal nützlich: Reparier den Flux, aber fix! Und ruf diesen Epsilon von der Gebäudereinigung an, damit hier mal wieder ordentlich sauber gemacht wird! So kann ja niemand vernünftig arbeiten ...«

Gehorsam stolperte Jeferson zur Sicherheitsschleuse der panzerverglasten Laboreinheit – und blieb verwirrt stehen.

»Norv – ich hab den Türöffnungscode vergessen ... wie ging der gleich nochmal?«

»Oh, du Einfaltspinsel – du treibst mich noch in den Wahnsinn!«, heulte sein Erfinderkollege verzweifelt. »Habe ich nicht schon genug zu tun? Ich kann mir das doch nicht auch noch merken! --- Probier's mal mit *Schwertfisch* oder *Ich bin dein Vater, Luke* ...«

»Ha – ich hab's!«, strahlte Jeferson triumphierend. »Emma-Zeh-Quadrat!«

»Sag ich doch«, schnaubte Norvel.

3

Vorsichtig bewegte sich die Crew der »Medusa 71pi« auf das einzige Gebäude des gescannten Planeten zu – eine heruntergekommene Raumstation, die aus den Wrackteilen verklappter Frachtschiffe und Satellitenanlagen zusammengeschustert worden war ... und auch genau so aussah. Ihre Atemmasken hatten die Vier abgenommen, nachdem die Messung der Atmosphärendichte eine Kompatibilität der Stufe GS (Geht So) mit den Lebenserhaltungskoeffizienten ergeben hatte.

»Ro--bod!«, flüsterte Noled, um nicht die Aufmerksamkeit mutmaßlicher Judasdroiden auf die sich heranpirschende Truppe zu lenken.

»Was?!!«, zischte Krygin gereizt, für den absolute Lautlosigkeit – die jetzt leider obsolet geworden war – zum Berufsethos gehörte.

»Na, das steht da ...« Noled wies mit dem Daumen auf ein schiefes Schild über dem Eingangsbereich der Station, auf dem in flackernder Leuchtschrift das von ihm ausgesprochene Wort zu lesen war.

Yksnik kniff die eiskalten Killeraugen zusammen, starrte kurz auf das Schild und wisperte: »Rosebod. Es heißt Rosebod --- zwei Leuchtbuchstaben sind defekt. Wie überaus originell – fast schon poetisch ...« Er kicherte leise.

»Soll ich das Schild mal kurz wegpusten?«, fragte Dolnar und brachte seinen Photonenblaster in Anschlag.

»Nichtsdaverdammt!« Krygin unterdrückte mit Mühe einen cholerischen Anfall. »Weiteranpirschen und Schnauzehalten! Dasgiltfüralle!«

Eine aufgescheuchte Zeta-Echse, nicht größer als die Innenfläche einer Männerhand (inklusive ausgestreck-

tem Mittelfinger) huschte vor ihnen über den rotsandigen Boden. Yksnik wedelte kurz mit der Rechten und ein nadelspitzes Messer nagelte das Tier genau in der Körpermitte an die Pfahlwurzel des meteoritenverhagelten Dali-Baums, an dem es schutzsuchend emporzuschnellen versuchte.

»Schappoh!«, grinste Noled anerkennend, fasste sich mit Daumen und Zeigefinger an die Hutkrempe und ließ seine Kopfbedeckung durch die dünne Luft sausen. Es machte kaum hörbar »Tschokk« – und die aufgespießte, zappelnde Echse ging ihres Kopfes verlustig, als sich die rasiermesserscharfe Krempe in den Baum hineinfräste und dort steckenblieb.

»LasstgefälligstdenBlödsinn!«, knurrte Krygin gereizt. »Dolnar und Yksnik – ausschwärmen und Rückseite überprüfen! Falls ihr einen Hinterausgang findet: Sichern und eindringen! Nol und ich nehmen den Vordereingang. Etwaige Fenster mit Sprengfallen versehen – niedrigste Dosis ... die Überreste müssen auf jeden Fall identifizierbar bleiben. Ausführung! Ach ja – eins noch: Falls die beiden noch leben und sich nicht selbst in die Luft sprengen, will ich unbedingt noch ein paar Takte mit ihnen reden, bevor wir sie allemachen, verstanden?!«

»Wozu das denn?«, wollte Yksnik wissen, der sich bereits auf eine zünftige Häutung freute.

»Na, überleg doch mal«, erwiderte Krygin geduldig, »zwei Typen, die es geschafft haben, eine Maschine zu erfinden, mit der man aus einem unterwürfigen Epsilon-Lohnsklaven einen unbesiegbaren Galaxienzerstörer machen kann, haben uns sicher einiges zu erzählen. Den Prototypen ihrer Erfindung haben die beiden vernichtet, bevor sie abgehauen sind – übrigens nur wenige Nanominuten, bevor die POZ-Spezialtruppen das Gebäude gestürmt haben. Ich will die Pläne – die sind möglicher-

weise noch einiges mehr wert als 50 Millionen Chronickel!«

»Gutes Argument!«, lächelte Noled und rückte sich den Hut zurecht. »Du kannst auf mich zählen!«

»Von mir aus«, brummte der muskelstrotzende Dolnar und schaltete seinen Photonenblaster auf Schockstarre.

»Da meine Blut- nur noch von meiner Geldgier übertroffen wird – bin dabei!«, nickte Yksnik, der mit einem Ausdruck tiefen Bedauerns sein Bo-Wij-Messer wieder in den Stiefel steckte. »Schnappen wir sie uns!«

4

»**W**as für ein herrliches Maschinchen!«, seufzte Napellion, seines Zeichens Gebäudereiniger der Epsilon-Klasse, während er auf seinen Turbomopp gestützt bewundernd den blinkenden und summenden Horribili-Absorbiflux betrachtete, der auf dem stählernen Konstruktionstisch des frisch aufgeräumten Laborkomplexes der Norvel & Jeferson Blama-Sch GiR in neuem Glanz erstrahlte. »Was bewirken die blauen Lämpchen?«

»Sie leuchten blau«, erklärte Jeferson und warf mit bloßen Händen zwei ausgelaugte Aale in den dafür vorgesehenen Entsorgungsbottich.

»Psst – hör mal, Jef«, flüsterte Norvel seinem Partner in verschwörerischem Ton zu, »mir kommt da eine geradezu geniale Idee: Warum testen wir den Flux nicht ... an ihm?« Er wies mit dem Daumen auf den kleinen, pummeligen Gebäudereiniger, der immer noch wie hypnotisiert auf die eindrucksvolle Maschine starrte.

»Aber Norv – das ist doch viel zu gefährlich!«, erwiderte Jeferson nervös, der sich seelisch bereits auf den unvermeidlichen Selbsttest eingestellt hatte.

»Eben drum!«, zischte Norvel. »Wenn irgendwas schiefgeht, sind WIR da, um ihm zu helfen – aber wer hilft UNS, wenn es zu ... unerwarteten Nebeneffekten kommt? Keiner von uns kann ohne den anderen wirkungsvoll intervenieren – hast du daran schon mal gedacht, du Nullhirn?!«

»N...nein«, stammelte Jeferson verwirrt, »jetzt, wo du's sagst ...«

»Alles klar – lass mich nur machen!« Norvel rieb sich unternehmungslustig die fleischigen Hände. »Ach, Herr WiewardochgleichderName ...«, flötete er, in einer

öligen Lache zweckorientierter Freundlichkeit auf den Gebäudereiniger zuschwänzelnd.

»Ich bin Napellion aus dem Genpool der Nesrok – und ich hab kein Snobitur!«, krähte das pummelige Männlein mit trotzig emporgewölbter Hühnerbrust.

»Was Sie in geradezu hervorragender Weise für ein kleines Experiment qualifiziert, zu dem wir Sie hiermit einladen wollen, Napi-Baby«, säuselte Norvel mit gewinnendem Lächeln. »Wie würde es Ihnen gefallen, der Erste zu sein, dem die unvorstellbaren Segnungen unseres phantastischen Horribili-Absorbiflux zuteil werden – absolut gratis und unverbindlich, wie ich ausdrücklich betonen möchte?«

»Ja, also ... ich weiß nicht recht«, murmelte der Epsilon unschlüssig, »wozu dient diese Maschine denn eigentlich?«

»Sie tilgt«, erklärte Jeferson stolz. »Sie führt Sie mental zu dem schlimmsten und peinlichsten Ereignis zurück, an das Sie sich erinnern können ... und löscht es aus. Wenn Sie danach aus diesem Stuhl wieder aufstehen, werden Sie ein vollkommen neuer Mensch sein – ein glücklicher, zufriedener, selbstbewusster Mensch, der sein zukünftiges Leben völlig neu definieren wird.«

»Genial!«, hauchte der Gebäudereiniger verzückt. »Und das funktioniert wirklich?«

»Aber sicher!« Norvel nickte so heftig, dass ihm beinahe der altmodische Zwicker von der Knubbelnase gefallen wäre, mit dem er sich einen gelehrten Anstrich zu geben versuchte. »Sind Sie dabei?«

»Und es kostet mich nichts?«, hakte das potenzielle Versuchskaninchen schüchtern nach.

»Nicht einen Chronickel!«, trompetete Norvel begeisterungsheischend. »Mister Jeferson und ich sind uns absolut einig, dass gerade die Unterprivilegierten völlig umsonst in den Genuss unserer epochemachenden

Erfindung kommen sollten, bevor wir sie der intergalaktischen Vermarktung zuführen.«

»Keine schädlichen ... Nebenwirkungen?«, fragte der Gebäudereiniger ängstlich.

»Aber wo denken Sie hin, mein Lieber!«, entgegnete Norvel sichtlich gekränkt. »Wir sind Profis! Das Maschinchen funktioniert tadellos – darauf gebe ich Ihnen mein Erfinder-Ehrenwort! --- Lass das, du Depp!«, fügte er zischend hinzu, als Jeferson ihn nervös am Ärmel zupfte.

»Na, wenn das so ist – dann stehe ich den Herren Erfindern natürlich gerne zur Verfügung!«, lächelte Napellion gerührt. »Wie könnte ich zwei derart generösen Menschenfreunden etwas abschlagen? So nett und anständig wie Sie hat mich bei der Arbeit hier noch niemand behandelt!«

»Ausgezeichnet. Ganz ausgezeichnet!« Norvel rieb sich triumphierend die Hände und bugsierte das Männlein in den mehrfach explodierten, komplett restaurierten Stuhl neben dem Konstruktionstisch. Mit feierlicher Miene setzte er ihm den vollständig mit dem Peinlichkeitstilger verdrahteten Stirnriemen auf. »Und jetzt schließen Sie bitte die Augen, und erinnern Sie sich an den unangenehmsten und beschämendsten Moment Ihres Lebens! --- Jef, aktivier den Flux!«

»Ich halte das für keine gute Idee, Norv«, flüsterte Jeferson unbehaglich, drückte ein paar der blinkenden Knöpfe und drehte den Absorber voll auf. Der Flux begann zu brummen, und das Perpetruum schnurrte wie ein frisch aufgezogenes Uhrwerk. Ein glückseliges Lächeln erstrahlte auf dem Gesicht des Gebäudereinigers.

»Endlich!«, seufzte er erlöst auf. »Nimm DAS, du dämliches Arschloch – ich bin Napellion aus dem Genpool der Nesrok, und du wirst mich NICHT nackt auf der Mädchentoilette einsperren, du Retortensohn eines genetisch minderbemittelten Taikuns!!!«

5

»**V**orderausgang gesichert!«, zischte Krygin in das Knopfende seines Zwi-Kos (Zwischen-Kommunikators), welches stieläugig aus dem Stehkragen seines knöchellangen Spacecoats ragte. »Alles sauber – keine Sprengfallen!«

»Hinterausgang lokalisiert und ebenfalls gesichert!«, wisperte Yksniks eiskalte Stimme auf dem Zwi-Ko. »Auch bei uns keine Sprengfallen. Was für erbärmliche Idioten! Wir werden uns das Ganze jetzt mal von innen ansehen – Dolnar, tritt die verdammte Tür ein!«

»Mit Vergnügen!«, hörte man den muskelbepackten Fitnesstrainer brummen. Dann krachte es.

»Los!«, zischte Krygin, und Noled, der Schönling, drückte probeweise mit zwei Fingern die aus der Unterseite eines Weltraumstiefels angefertigte Klinke der Vordertür herunter. Quietschend öffnete sich Rosebod, das Refugium der beiden meistgesuchten Kriminellen des gesamten Multiversums.

6

»**H**ereinspaziert!«, flötete Norvel, von Kopf bis Fuß in das schimmernde Weiß eines maßgeschneiderten, noch nicht ganz abbezahlten Bigbusiness-Spacesuits gekleidet.

Die erste offizielle Kundin der Norvel & Jeferson Blama-Sch GiR, eine junge Kellnerin mit rostfarbenen, unvorteilhaft zurecht gemachten Haaren und großen blauen Augen, die mit kindlicher Naivität kurzsichtig in die Welt blinzelten, betrat schüchtern den eindrucksvollen, neu angemieteten Bürokomplex des dynamischen Erfinderduos im 20. Stock des Babylon-Towers auf Gim-Myk Fünf.

»Wie ich sehe, haben Sie unsere Broschüre aufmerksam gelesen und alle erforderlichen Formulare bereits ausgefüllt«, stellte Norvel zufrieden fest. »Ebenso wurde auch die obligatorische Anzahlung auf unsere Heilbehandlung geleistet, die übrigens zu 50% von der GGK (Galaktischen Gesundheits-Kasse) übernommen werden kann, wenn die Test-Droiden bei ihrer Untersuchung zu einem entsprechend positiven Ergebnis gelangen – wovon wir natürlich ausgehen. Nehmen Sie bitte Platz, Fräulein ...?«

»Norma-Lyn«, piepste die Rothaarige und setzte sich vorsichtig in den eindrucksvollen, mit goldenem Leder bezogenen Sessel, der neben dem nicht minder eindrucksvollen, blinkenden und summenden Horribili-Absorbiflux zwei Hände breit vom Boden entfernt in der Luft schwebte.

»Mein Kollege Jeferson wird Sie nun per Stirnriemen mit unserem Flux-Maschinchen verdrahten, Norma-Lyn«, verkündete Norvel feierlich. »Keine Sorge – es

wird sich nicht anders anfühlen als ein Haarreif, den Sie sich aufsetzen.«

Die schüchterne Rothaarige zuckte kurz zusammen, als die elektrisch aufgeladenen Finger Jefersons ihre Schläfen berührten und ihr die Haare aufstellten.

»Verzeihung«, murmelte Jeferson verlegen, »das kommt von den Aalen, wissen Sie ...?«

»MEIN KOLLEGE WIRD NUN«, dröhnte Norvel mit einem derart vorwurfsvollen Blick, dass sich Jeferson förmlich in sich zusammenfaltete, »den Flux aktivieren, während Sie bitte Ihre wunderschönen Augen schließen und an den unangenehmsten und beschämendsten Moment Ihres Lebens zurückdenken.«

Die Kellnerin nickte folgsam, schloss die Augen und zuckte erneut zusammen. Dann verfiel sie für einige Nanosekunden in eine nervöse Schnappatmung, die in einem zufriedenen Seufzer endete. Erlöst ausatmend öffnete Norma-Lyn ihre Augen und streifte sich lässig den Stirnriemen vom Kopf.

»HA – das war ja phantastisch, Jungs!«, jauchzte sie fröhlich. »Hab mich noch nie besser gefühlt! Wie spät ist es?«

»Nun ... also ... ähm ...«, stammelte Norvel, die zufriedene Kundin ebenso fasziniert wie entsetzt anstarrend.

»Stimmt was nicht?«, fragte Norma-Lyn argwöhnisch, entnahm ihrer Handtasche den Kosmetikspiegel und ließ ihn aufschnalzen. »Aber das ist ja ...«

Norvel kniff die Augen zusammen, als erwarte er im nächsten Moment einen Bombeneinschlag, und Jeferson betrachtete mit bräsiger Unschuldsmiene seine Schuhspitzen.

»... einfach SUPER!«, beendete die ehemals Rothaarige ihren Satz, nachdem ihr ein Blick in den Spiegel aufzeigte, dass sie nunmehr platinblond war und mög-

licherweise aufgrund der elektrischen Entladung aus Jefersons Fingern über einen Schlafzimmerblick verfügte, der ihr in Kombination mit der neuen Haarfarbe zu dem Sex-Appeal einer weiblichen Wasserstoffbombe verhalf. »Genau SO wollte ich schon immer aussehen! Und diesmal werde ich mich nicht um das Vorsprechen bei Metropolis-Galwyn-Mäer drücken. HA – mit Kusshand werden die mich nehmen ... schließlich war ich schon mit 19 die Arty-Shokken-Schönheitskönigin auf meinem Heimatplaneten und habe eine erstklassige Schauspielausbildung genossen! Wir sehen uns, Jungs – ich muss los! Küsschen!«

Sie hauchte den beiden sprachlosen Erfindern zwei sinnenverwirrende Handküsse zu und verließ das Büro mit einem nicht weniger sinnenverwirrenden Hüftschwung, der beinahe schon nicht mehr jugendfrei war.

»Was ist da gerade passiert, Jef?«, fragte Norvel mit nervösem Blinzeln.

»Nun ja – wenn ich raten soll, würde ich vermuten, dass ihr ganzes bisheriges Leben in ihrer Erinnerung von dem Moment an völlig anders verlaufen ist, an dem der Flux das peinliche Erlebnis mental getilgt hat«, antwortete Jeferson und kratzte sich dabei die feuerroten, abstehenden Haare.

»Das würde die Geschichte mit der Arty-Shokken-Schönheitskönigin erklären, die sie ihren eigenen Angaben zufolge nie gewesen ist, und das mit der Schauspielausbildung, die sie nie hatte«, murmelte Norvel, der zur Sicherheit noch einmal Norma-Lyns Fragebögen überflog. »Und wieso ist sie auf einmal platinblond und geradezu unverschämt ... sinnlich?«

Jeferson zuckte mit den Achseln. »Keine Ahnung, Norv. Liegt wohl am Flux – sie wollte schon immer genau SO aussehen und wirken ... hat sich aber nie getraut

... und würde sich wohl auch niemals getraut haben, wenn ...«

»Ja, schon klar – hab verstanden!«, unterbrach Norvel seinen Partner.

»Tatsächlich?«, fragte dieser ungläubig.

»Und ob –«, versicherte Norvel grinsend, »ich habe verstanden, dass wir nie nicht und in keiner Weise für solche ... Nebeneffekte ... in Regress genommen werden können, weil sie nämlich haargenau den innersten Wünschen und Bedürfnissen unserer Kunden entsprechen! Ach, Jef – ich könnte unseren Flux glatt abküssen, wenn ich verrückt genug wäre, mich ihm weiter als eine Armlänge zu nähern!«

»Sollten wir das mit den Nebeneffekten nicht in unserer Broschüre erwähnen, Norv?«, schlug Jeferson schüchtern vor. »Immerhin hat es den Napi um seinen Job und das Fräulein Lyn um ihre roten Haare gebracht ...«

»Du meinst, es hat unseren Versuchskandidaten in die Lage versetzt, seinem großkotzigen Boss einmal ganz deutlich zu sagen, was er von ihm hält und sich dadurch von den beschämenden Fesseln der Lohnsklaverei zu befreien und unsere erste Kundin, ein unscheinbares, verhuschtes Mäuschen, in eine schillernde Sexbombe verwandelt! – Glaub mir, Jef ... gegen DIE Sorte Nebenwirkungen hat niemand etwas einzuwenden. Denn wie heißt es schön in unserer Broschüre? – Nach dieser Behandlung werden Sie ein vollkommen neuer Mensch sein – der Mensch, der Sie schon immer sein wollten! – Wo kein Kläger, da kein Richter – mit anderen Worten: Wir sind juristisch aus dem Schneider, und das ist alles, was mich interessiert. Wer ist unser nächster Kunde?«

Jeferson öffnete mit einer Handbewegung den holografischen Terminplaner und las: »Ein gewisser Heph-Ner, Werbetexter und Verfasser von Kinderfibeln ... An-

zahlung geleistet, Formulare ausgefüllt. Flux-Termin in 10 Minuten.«

»Ausgezeichnet!«, freute sich Norvel und rieb sich die Hände. »Das Geschäft brummt. Herein mit dem Burschen!«

Heph-Ner, ein schlaksiger, bebrillter Jüngling mit dem weltmännischen Flair eines autistischen Kuckucks und der maskulinen Ausstrahlung eines Gullideckels, betrat mit touretteverdächtigen Zuckungen das luxuriöse Büro der Norvel & Jeferson Blama-Sch GiR und stotterte: »W-W-Wer w-w-war das w-w-wunderschöne b-b-blonde M-M-Mädchen d-d-da ... d-d-a ...«

»... draußen?«, ergänzte Norvel zuvorkommend. Heph-Ner nickte heftig. »Das war Fräulein Lyn. Norma-Lyn«, lächelte Norvel verständnisvoll. »Ihre persönlichen Daten und vor allem ihre Adresse sind natürlich streng vertraulich. Wenn allerdings ein gewiefter Tausendsassa wie Sie, Hephi-Baby, beim Rausgehen einen schnellen Blick auf die Formulare werfen würde, die ich auf unserem Anmeldetisch abgelegt habe, würde ich das nicht verhindern können, habe ich recht?«

»Na ja, Sie kö-kö-könnten die Fo-Fo-Formulare ja wo-wo-woanders ...«, stotterte Heph-Ner hilfreich, wurde aber von einem freundschaftlich-derben Schulterklaps Norvels in den goldledernen Schwebe-Sessel gedrückt, den Jeferson vorausschauend herbeihooverte.

»So – und jetzt mal gaaanz ruhig, mein Lieber!«, kommandierte Norvel mit einer Stimmlage, die er für besänftigend hielt, während Jeferson dem nervös zuckenden Kunden nicht ohne Mühe den Stirnriemen anlegte. »Schließen Sie die Augen, und denken Sie zurück an das unangenehmste und beschämendste Ereignis Ihres Lebens ...«

Heph-Ners kantige Gesichtszüge verschwammen in einem wirbelnden Sternengeflimmer, als der Flux mit

surrendem Perpetruum seine Arbeit aufnahm und in weniger als einem Lidschlag beendete.

Norvel und Jeferson, die beide ängstlich die Augen zusammengekniffen hatte, registrierten erstaunt, dass sich ihr aktueller Kunde äußerlich nicht im Geringsten verändert hatte. Ihre latenten Zweifel an der Effizienz des Fluxes lösten sich jedoch in Sekundenschnelle in Wohlgefallen auf, als Heph-Ner sich mit nonchalanter Eleganz den Stirnriemen vom Kopf streifte, die hässliche Brille abnahm, in die Ecke pfefferte und nach einem prüfenden Rundumblick erklärte:

»Also echt, Jungs – das könnt ihr unmöglich so lassen ... dieses Büro hat überhaupt keinen Drive, keinen Hip, keinen Style – mit einem Wort: keine Klasse! Das solltet ihr dringend ändern ... ich lasse euch in den nächsten Tagen mal ein paar Entwürfe zukommen. Aber jetzt muss ich dringend los – ich habe eine geniale Idee für ein absolut neues holografisches Magazin für den anspruchsvollen Geschlechtsreifen ... ich glaube, ich werde es PLAYBOT nennen --- mit der Ekstase-Droidin des Monats zum Herausnehmen, individuell gestaltet nach dem jeweiligen galaktischen Schönheitsideal.« Er warf einen kurzen Blick auf Norma-Lyns Formularbögen. »Und die erste Droidinnen-Vorlage habe ich auch schon. Jetzt muss ich nur noch die Finanzierung der Erstausgabe stemmen ... hört mal zu, Jungs – folgender Vorschlag: Ihr erlasst mir das, was ich euch zusätzlich zur Abschlagszahlung noch schuldig bin, und ich beteilige euch zu 10% an meiner Geschäftsidee – okay? Wunderbarklasse, ihr seid echt smarte Jungs! War mir ein Vergnügen, mit euch Geschäfte zu machen. Wir werden allesamt steinreich – das verspreche ich euch!« Heph-Ner kritzelte etwas auf die Rückseite eines seiner Formularbögen und versah es mit einer schwungvollen Unter-

schrift, dann verließ er das Büro, als wäre er hier zu Hause.

»Was ... ist gerade passiert, Norv?«, fragte Jeferson verwirrt.

»Schätze, wir sind soeben um den Löwen-Anteil unseres Honorars geprellt worden«, mutmaßte Norvel säuerlich, »na egal – ein Drittel ist besser als nichts ... und wer weiß – vielleicht wirft sein Dingsbot-Magazin ja tatsächlich ein paar Chronickel ab ...«

Norvel hatte sich noch nie in seinem Leben so geirrt wie in dieser Hinsicht, denn bereits 9 Mondzyklen später schwammen die bis dato glücklosen Erfinder des Horribili-Absorbiflux nur so im Geld: Heph-Ners PLAYBOT-Magazin avancierte innerhalb kürzester Zeit zum begehrtesten Exportschlager des Multiversums, und die Kellnerin Norma-Lyn machte in den Metropolis-Galwyn-Mäer-Studios von Holo-Watt eine kometenhafte Karriere als Film-Hyperstar. Alles wäre wunderbar gewesen, hätte nicht zur selben Zeit ein selbsternannter Ober-Tan aus dem Genpool der Nesrok damit begonnen, in großem Stil die Medientaikuns sämtlicher Galaxien systematisch auszurotten und somit der intergalaktischen Wirtschaft beträchtlichen Schaden zuzufügen: Napellion, der Pur-Y-Fizierer.

Sobald die von ihm ausgehende Bedrohung virulent wurde, schalteten sich die Behörden ein, und der POZ brauchte nicht lange, um die Schuldigen zu lokalisieren. Den empörten Hinweis Norvels auf die Tatsache, dass die Heilbehandlung der Blama-Sch GiR lediglich das verschüttete kreative Potenzial der Behandelten zutage förderte, wertete der POZ als umfassendes Geständnis und schrieb die erfolgreichen Existenzgründer augenblicklich zur Fahndung aus.

Das Letzte, das die Judasdroiden aufzeichneten, bevor die beiden Gesuchten auf äußerst mysteriöse Weise

unter Zurücklassung eines irreparabel zerstörten Horribili-Absorbiflux aus ihrem Büro verschwanden, war Norvels empörter Ausruf: »Da hast du uns ja mal wieder eine schöne Suppe eingebrockt, Jeferson ...!«

7

»**S**chau, schau, Norvel – wir haben Besuch ...«, lächelte Jeferson, der seelenruhig in einem schaukelstuhlähnlichen Drahtgebilde saß und an einer konservengroßen Tasse Tee schlürfte, als die TOL-BI-Kopfjäger geld-, blut- und wissbegierig in das Innere des schrottigen, aber erstaunlich wohnlich eingerichteten Rosebod-Refugiums stürmten – in der festen Überzeugung, zwei vor Angst schlotternde Flüchtlinge anzutreffen, denen man – nicht nur bildlich gesprochen – ohne große Mühe einige interessante Geheimnisse aus den Rippen schneiden konnte, bevor man sich mit ihren vakuumverpackten rumpflosen Köpfen auf den Weg zur nächsten TOL-BI-Zahlstelle machte.

»Nur herein, die Herren!«, trompetete Norvel fröhlich. »Seien Sie uns herzlich willkommen! Das gilt selbstverständlich auch für die beiden anderen Gentlemen, die es vorgezogen haben, den Hintereingang zu benutzen. Fühlen Sie sich ganz wie zu Hause! Treten Sie zu Klump, was immer Sie wollen!«

»Die sind komplett irre vor Angst«, raunte Krygin seinem eleganten Türöffner zu, der langsam die Hand von der Hutkrempe nahm. Der beinharte Anführer der Kopfjäger reckte das stoppelbärtige Kinn vor, winkte mit seinem schussbereiten Schockblaster und schnaubte drohend: »Hoch mit den Pfoten, aber ein bisschen plötzlich!«

»Wenn Sie darauf bestehen«, schmunzelte Norvel amüsiert, trat hinter der Küchenzeile hervor und hob folgsam die Hände, in denen sich zwei gewaltige belegte Brote befanden, die der von hinten heranstampfende Dolnar sofort konfiszierte, während Yksnik dem dicken

Erfinder grinsend die rasiermesserscharfe Klinge seines Bo-Wij-Messers an die fleischige Kehle setzte.

Mit einem ebenso einfältigen wie treuherzigen Lächeln stellte sich Jeferson – ohne sich von der Stelle zu rühren – die Teetasse auf den fuchsroten Schopf und streckte die Arme in die Höhe, als wolle er gleich an einem unsichtbaren Reck ein paar Klimmzüge absolvieren.

»Ihr wisst, wer wir sind?«, fragte Noled misstrauisch, dem die entspannte Reaktion der Flüchtlinge so gar nicht gefiel.

»Sie sind Kopfjäger«, erwiderte Norvel gelassen, »Kopfjäger mit einem Kampfraumschiff der Medusa-Klasse und somit herzlich willkommen! Guten Appetit, übrigens – und wohl bekomm's!«, fügte er freundlich in Richtung Dolnars hinzu, der sich schmatzend die beiden Stullen einverleibte, die er dem Dicken abgenommen hatte. »Wir warten schon lange auf Sie – einige Ihrer Kollegen, die uns bereits vor Ihnen einen Besuch abgestattet haben, waren leider mit deutlich weniger effizienten Raumschiffen ausgestattet und daher für unsere Zwecke nicht geeignet. Wir haben sie im Keller begraben ...«

Krygin starrte die beiden verblüfft an. »Ihr habt WAS ...?!«

»Wir benötigen dringend ein kampftaugliches Raumschiff«, erläuterte Jeferson gemütlich, »IHR Raumschiff – nichts für ungut. Auf weitere Dienstleistungen Ihrerseits sind wir zum Glück nicht angewiesen ... Sie dürfen aber gerne hierbleiben – in welchem Zustand bleibt ganz Ihnen überlassen!«

»Die sind komplett übergeschnappt!«, zischte Yksnik verärgert, der es gewohnt war, dass seine Opfer vor Angst schlotternd um ihr erbärmliches Leben bettelten. »Aus denen ist nichts Vernünftiges mehr rauszuholen – lass sie uns fertigmachen, Kryg!«

»Davon würde ich dringend abraten!«, empfahl Norvel mit pikiert gewölbter Augenbraue, worauf Dolnar zu husten begann, als hätte er sich gerade ordentlich verschluckt.

»Hör auf zu fressen, du Idiot, und konzentrier dich auf die Arbeit!«, fauchte Krygin nervös. »Ich will augenblicklich wissen, was das alles zu bedeuten hat, sonst ...«

»Vier kleine Pigmentbenachteiligte stürmten die Station ...«, sang Norvel vergnügt, während Dolnars Husten in ein ersticktes Röcheln überging und sein Gesicht eine bläuliche Färbung annahm.

»... der eine hat sich überfressen, das war sein Todeslohn!«, beendete Jeferson die improvisierte Strophe mit beeindruckendem Tremolo.

Mit verdrehten Augen und schäumendem Mund krachte der muskelstrotzende Hüne des Asteroidengürtels Bi-Zeps wie ein gefällter Baum zu Boden.

»Gift!«, knurrte Yksnik, sichtlich beeindruckt. »SEHR clever. Dafür ziehe ich dir die Haut ab, Fettsack ...!«

»Doch wohl nicht etwa DAMIT?«, fragte Norvel scheinheilig und hielt plötzlich das Messer in der Hand, das einen Lidschlag zuvor noch an seiner Kehle gesessen hatte – im Begriff, ihm den Hals durchzuschneiden von einem Ohr zum anderen. Yksnik taumelte mit verblüffter Miene nach hinten, ohne zu wissen, wie es der Dicke angestellt hatte, ihm mit erhobenen Händen das Messer abzunehmen oder womit er ihm gerade einen derben Stoß in die Magengrube versetzt hatte – so schnell hatte sich alles abgespielt.

»Das gibt's doch alles nicht!«, kreischte Noled hysterisch, und seine Rechte zuckte in Richtung Hutkrempe, während Krygin brüllte: »Feuer frei, Jungs! Eliminiert die Wichser!« Fauchend entlud sich sein Schockblaster in Richtung Jeferson, aber jener vermied eine Kollision

mit dem blaufunkelnden Photonenstrahl, indem er mitsamt seiner Schaukelstuhlkonstruktion aus dem Sitzen einen Salto vollführte, das Drahtgestell im Sprung zur Seite stieß und wie eine Katze außerhalb der Schussbahn sicher auf beiden Füßen landete, wobei er auch gleich noch die Teetasse samt herausschwappender Flüssigkeit auffing, ohne auch nur einen Tropfen zu verschütten.

»War das alles?«, fragte er geringschätzig und tänzelte zwischen einer wütenden Salve weiterer Schüsse aus Krygins Blaster durch den Raum, als wolle er sich für die Titelrolle von »Tanz der Raptoren« qualifizieren.

Mit todbringendem Surren pfiff im selben Moment Noleds Guilottinenhut durch die Luft und hätte mit gnadenloser Treffsicherheit den dicken Norvel enthauptet, hätte sich dieser nicht mit atemberaubender Geschwindigkeit einen bratpfannengroßen Schläger in die Hände getreten, der neben der Küchenzeile bereitlag, und das todbringende Geschoss mit elegantem Schlag zu seinem Absender zurücktransportiert.

Mit einem trockenen »Tschokk« fräste sich die rasiermesserscharfe Krempe bis zum Anschlag knapp oberhalb der Nasenwurzel in Noleds Stirn und reduzierte die Lebenserwartung des Kermyten auf wenige Nanosekunden.

»Die Bespannung stammt aus der Rückenhaut einer Zentauri-Echse«, erklärte Norvel lächelnd, »absolut unzerstörbar – im Unterschied zur Unterhaut des Viehs. Ja, ja – Mutter Natur ist eine fiese, heimtückische Schlampe ... und ich kenne alle ihre Tricks!«

»Wenigstens sterbe ich perfekt angezogen«, dachte der Schönling beruhigt, während er Richtung Hutkrempe schielte, dann klappte er zusammen wie eine Marionette, der man die Fäden durchgeschnitten hatte.

Jeferson vollführte mittlerweile einige Kapriolen, die jeglicher Schwerkraft spotteten und landete zuletzt

direkt vor Krygin, wobei er ihm eher nebenbei auch gleich den Blaster aus der Hand trat.

»Ein dreifacher Riddick!«, keuchte der Anführer der Kopfjäger fassungslos. »Furianische Kampfkunst, die keine andere Spezies in diesem Sternensystem jemals erlernt hat ...«

»Nicht in MEINER Erinnerung, Kumpel!«, grinste Jeferson und trank in aller Ruhe seinen Tee aus, während Norvel den vor Wut geifernden, beidhändig messerschwingenden Yksnik mit einem rekordverdächtigen Linksschwinger seines Echsenhautschlägers auf die Bretter schickte.

»Ihr habt ...«, ächzte Krygin.

»... den Flux angewendet, bevor wir verduftet sind – ganz recht!«, nickte Jeferson freundlich. »Wie sonst hätten wir es anstellen sollen, unbehelligt von Gim-Myk Fünf zu verschwinden ... mit sämtlichen POZ-Spezialtruppen im Nacken?«

»Dann ist es also wahr«, hauchte Krygin, »die Maschine implantiert völlig neue Erinnerungen ... und Fähigkeiten!«

»Eine absolut adäquate Beschreibung der völlig unbeabsichtigten Nebenwirkungen, Baby!«, grinste Norvel. »Ihr hattet von Anfang an nicht die geringste Chance gegen uns. Was Kampfkunst und Taktik angeht, steht ihr – ohne allzu anmaßend klingen zu wollen – im Vergleich zu uns auf Kindergarten-Niveau. Jeferson – erlöse ihn von seiner beschämenden Existenz ... wir haben alles, was wir brauchen, um unsere Mission zu beenden.«

»Aber gern, Norv«, lächelte Jeferson und rammte dem beinharten Kapitän der »Medusa 71pi« die leere Teetasse bis zum Anschlag durch den Brustpanzer. »Furianerstil – ich hoffe, du weißt das zu würdigen!«, fügte der dürre Rothaarige hinzu und drehte knirschend die meteoritengehärtete Tasse nach rechts.

»Welche ... Mission ...?«, röchelte Krygin schwankend.

»Na, die Vernichtung des Pur-Y-Fizierers, was dachtest du denn?«, erläuterte Norvel augenzwinkernd. »Wir haben die Sache angefangen – wir werden sie beenden. Dein Raumschiff und der Irre mit den Messern, der gerade wieder zu sich kommt, werden uns dabei gute Dienste leisten, da kannst du sicher sein. Geh hin in Frieden!«

»Leckt mich am Arsch, ihr Wichser!«, schnappte Krygin mit brechender Stimme, sank schwer auf die Knie und kippte vornüber – tot wie ein Stein.

»Immer diese negativen Wellen!«, kommentierte Jeferson mit missbilligendem Kopfschütteln. »Bei DEM Karma kommt er als querschnittsgelähmte Lamar-Sch-Molluskel zurück. Na ja, nicht unser Problem ... apropos Problem ...« Er wies mit dem Daumen auf Yksnik, der mit dem Gesichtsausdruck eines ausgehungerten Morlocks wieder auf die Beine kam.

»Was immer du auch als Nächstes vorhast, Bursche – vergiss es!«, empfahl Norvel und wedelte vielsagend mit seinem Schläger. »Wir sind dir in jeder Hinsicht jederzeit haushoch überlegen!«

»Hab ich begriffen – ich bin ja nicht blöd!«, knurrte Yksnik mit vor Wut glänzenden Augen. »Was man von euch Pfeifen nicht gerade behaupten kann! Wisst ihr, wer ich bin?«

»Du bist ein Kaltaugenflüsterer vom Planeten Aguyrre, wenn ich mich nicht irre«, erwiderte Jeferson gelassen.

»Du irrst dich«, grinste Yksnik gehässig, »du irrst dich gewaltig, du halbes Hemd von einem Feuermelder! Ich bin der LETZTE Kaltaugenflüsterer vom Planeten Aguyrre – und das heißt: Ich bin ALLE – ALLE Kaltaugenflüsterer, die jemals existiert haben! Sie sind in mei-

nem Kopf, sie reden mit mir – ständig. Wir sind eins – eine komplette Spezies, vereinigt im Körper des letzten überlebenden Exemplars!«

»Das erklärt so einiges«, erwiderte Norvel unbeeindruckt.

»Ja«, nickte Jeferson grinsend, »zum Beispiel, warum du komplett durchgeknallt bist ...«

»Das nennt man Schwarm-Intelligenz, ihr Knallerbsenhirne!«, keifte Yksnik mit überschnappender Stimme. »Und wisst ihr auch, was das heißt? Es bedeutet, dass mein Leben unantastbar ist! Meine Vernichtung – gleichzeitig die vollkommene Auslöschung einer gesamten Spezies – würde eine apokalyptische Kettenreaktion unvorstellbaren Ausmaßes auslösen. Ein ganzes Sternensystem könnte dabei ausgelöscht werden! Na, was sagt ihr jetzt, ihr Klugscheißer?«

»Ist uns bereits bekannt, Yksi-Baby«, grinste Norvel. »Warum, glaubst du wohl, bist du als Einziger noch am Leben? Du wirst uns jetzt auf dein Raumschiff bringen und uns auf unserer Mission begleiten, verstanden?«

»Und wenn ich mich weigere?«

»Ich hatte gehofft, dass du das sagst«, lächelte Jeferson.

»Ich bring euch uuummm, ihr Hackfressenärsche!!«, tobte der wie ein Rollmops in Zentauri-Echsenhaut eingeschnürte Aguyrrianer, als ihn die beiden Erfinder wie ein überflüssiges Gepäckstück an Bord der »Medusa 71pi« im Torpedoraum unsanft auf den Boden fallen ließen. »Ich schlitz euch die Bäuche auf und geb euch so lange eure Eingeweide zu fressen, bis ihr daran erstickt!«

»Ja, ja – schon klar, Yksi«, nickte Norvel geduldig, »und jetzt halt die Fresse, bevor wir dir einen Echsenhautknebel reinstopfen. Die netten Onkels haben zu arbeiten. --- Jef, bring uns auf Kurs! Die Koordinaten

von Napellions Harpyiengeschwader liegen an. Kann's kaum noch erwarten, dem alten Sackgesicht mal wieder Hallo zu sagen ...«

»Verstoß --- Verstoß ...!«, hupte der DefPUA empört. »Einen Chronickel --- in die ...«

»Und schalt diesen neunmalklugen Detektor ab, bitte ... der nervt ja noch mehr als unsere Kaltaugenmamsell!«

»Verstoß --- Verstoß --- ihr könnt niiiiiiicht ...«, heulte der DefPUA mit ersterbender Stimme, während Jeferson ihm grinsend den Saft abdrehte.

Die »Medusa 71pi« – immer noch im Tarnmodus – setzte sich mit brummenden Motoren in Bewegung.

»Kurs liegt an, oh Käpt'n, mein Käpt'n!«, verkündete Jeferson stolz.

»Lichtgeschwindigkeit!«, kommandierte Norvel. »Und ab geht die Luzie!«

»Wer war das gleich nochmal?«, wollte Jeferson wissen.

»Also ehrlich, Jef – manchmal treibst du mich wirklich zur Verzweiflung!«, seufzte Norvel im Ton milden Tadels.

8

Nur wenige Lichtjahre später erreichte die »Medusa 71pi« den Hazweio-Lu-Quadranten, wo erwartungsgemäß die Harpyienflotte des Pur-Y-Fizierers wie ein Schwarm hungriger Mars-Geier durchs All streifte.

»Medusa ruft Flaggschiff, Medusa ruft Flaggschiff!«, quakte es fröhlich aus der Kommunikations-Leitzentrale auf der Kommandobrücke des ehemaligen Gebäudereinigers. »Napellion, bist du da? Wir sind's – deine alten Kumpels ... die Typen mit dem Flux-Maschinchen ...«

»Meine beiden Gönner und Förderer!«, jauchzte der Pur-Y-Fizierer erfreut und erntete jede Menge verständnislose Blicke seiner eingeschworenen Besatzung, die es gewohnt war, alles zu pulverisieren, was ihren Weg kreuzte. »Was für eine Freude, euch wiederzutreffen! Wollt euch mir anschließen, was? Das trifft sich ausgezeichnet.« Der Galaxienzerstörer drehte sich kurz um und erschoss zwei seiner leitenden Offiziere mit seiner goldenen Strahlenpistole. »Bei mir sind gerade zwei wichtige Posten frei geworden!«

»Tut uns leid, Napi-Baby«, erklärte Norvel ernst, »kein Interesse. Wir sind hier, um dich aufzuhalten! Dein Wahnwitz hat schon genug Leben gekostet – das muss aufhören!«

»Und wie wollt ihr das anstellen, Jungs?«, kicherte der Galaxienzerstörer amüsiert. »Wir sind eine ganze Flotte kampferprobter Soldaten, und ihr seid nur – nichts für ungut – zwei kleine Erfinder in einem vermutlich geklauten Medusa-Fighter. Lasst den Quatsch und schließt euch uns an – goldene Throne warten auf euch!«

»Keine Chance, Napi – wir sind nicht bestechlich!«, trompetete Jeferson und fügte vorsichtshalber hinzu:

»Nicht mehr. Lange Geschichte. Zwing uns nicht, den Pyrrhus-Effekt anzuwenden!«

»Den Pyrrhus-Effekt?«, wieherte der Pur-Y-Fizierer wie eine hysterische Omega-Drei-Hyäne. »Die sich selbst vernichtende Auslöschung des Gegners? Mal ernsthaft, Jungs – euer lächerliches Kampfschiff verfügt nicht einmal annähernd über das erforderliche Vernichtungspotenzial ... das haben unsere Waffen-Scans eindeutig ergeben!«

»Komm schon, Napi – du schuldest uns noch was! Ergib dich einfach, und wir sorgen dafür, dass du eine faire Verhandlung kriegst. Mit unserer eidesstattlichen Aussage ist dir der Unzurechnungsfähigkeits-Paragraph so gut wie sicher. Vielleicht kriegen wir sogar die gleiche Zelle – und in ein paar Nanonen sind wir wegen guter Führung wieder raus und treiben mit unseren Erfindungen sämtliche amtierenden Taikuns in den Ruin – in völligem Einklang mit den intergalaktischen Gesetzen! Was sagst du – das wär doch was?!«

»Drauf geschissen!«, kreischte Napellion mit überschnappender Stimme. »Ich schulde euch einen Dreck! Wir sind längst quitt – denn ihr seid immer noch am Leben und habt meine Geduld jetzt lange genug strapaziert! Verpisst euch – und zwar schleunigst ... wenn wir uns das nächste Mal begegnen, merze ich euch ohne Vorwarnung gnadenlos aus!«

»Dann lässt du uns keine andere Wahl, Napi«, entgegnete Norvel traurig. »Diese Geschichte hätte ein besseres Ende verdient ... Jeferson, mach den Aguyrrianer abschussbereit – die Zielkoordinaten sind programmiert!«

»Wie? Was? Aguyrrianer?« Der Pur-Y-Fizierer hüpfte auf seiner Kommandobrücke umher wie ein genmanipuliertes Frettchen mit frisch angesetzten Hoden-

klemmen.«»Das verstößt gegen die Bestimmungen der Genesis-Konventionen, ihr Kriegsverbrecher!«

»Verklag uns doch bei der ISB, der Intergalaktischen Schutzbehörde, oh großer Putzifizierer!«, höhnte Jefersons Stimme aus der Kommunikations-Leitzentrale des Harpyienflaggschiffs, um unmittelbar darauf pflichtbewusst mitzuteilen: »Aguyrrianer – Abschuss! --- Das war's dann --- Aufprall in 8 Nanosekunden --- Es war mir eine Ehre, zusammen mit dir gekämpft zu haben, Norv! Möge die Macht mit uns sein …!«

»Jeferson, du treibst mich nochmal in den Wahnsinn mit deinen blöden Sprüchen!«, stöhnte Norvel – und das war das Letzte, das man in diesem Teil des Multiversums von ihm hörte.

In einem gleißenden Photonenblitz schoss Yksnik, der gotteslästerliche Flüche geifernde letzte Überlebende der Aguyrrianer, mit wutverzerrtem Gesicht auf Napellions Flaggschiff zu und zerplatzte mit einem kreischenden »Ich bring euch alle um, ihr verfluchten Ärsche!« auf dem Schutzschild der Außenhülle. Ein tosendes Wurmloch öffnete sich wie der Schlund eines hungrigen Leviathans und verschlang die komplette Flotte des Pur-Y-Fiziers mitsamt dem Flaggschiff und der »Medusa 71pi« der beiden tapferen Helden, die sich durch diesen beispiellosen Akt der Selbstaufopferung nicht nur vor dem POZ rehabilitierten, sondern für immer in die Annalen des Multiversums eingingen.

HORRIBILI-ABSORBIFLUX

Kurze Nachbemerkung des Chronisten:

Unbestätigten Gerüchten zufolge strandeten Norvel & Jeferson auf einem fernen Planeten in einer anderen Dimension und machten dort erfolgreich Karriere in der Unterhaltungsindustrie.

Aber das ist eine ganz andere Geschichte ...

DIE AUTOREN

Joachim Speidel, Jahrgang 1960. Veröffentlichungen in diversen Anthologien. Zweimal nominiert für den Agatha-Christie-Krimipreis – 2013 und 2014. Schreibt als Mitglied des Autorenteams *Die Neunundneunziger Wortschmiede* an der mehrbändigen MOLOCH-Saga.
Liest alles, was ihn packt – egal, ob J. G. Ballard oder James M. Cain; ob John Fante oder Ernest Hemingway; ob Jack Kerouac oder Elmore Leonard; ob Gregor von Rezzori oder Jim Thompson.

Gerd Rödiger, geboren 1973 in Süddeutschland, lebt und schreibt seit einigen Jahren in Berlin.
Im Lauf der Jahre veröffentlichte er zahlreiche Kurzgeschichten, unter anderem in *c't – magazin für computertechnik* und *phantastisch!* unter dem Pseudonym Edgar Philips.
Er schreibt Unheimliches & Horror, Science Fiction & Near Future, und in letzter Zeit auch häufig über das Leben und Leiden in Berlin.
Neuigkeiten, Informationen zu bisherigen und bevorstehenden Veröffentlichungen sowie Kontaktmöglichkeiten gibt es hier: www.trapezoeder.de

Regine Bott, geboren 1968 in Stuttgart. Veröffentlichte solo in verschiedenen Anthologien. Gemeinsam mit dem Autorenteam *Die Neunundneunziger Wortschmiede* schreibt sie permanent an einem Pulp-Serial.
Ihr Herz gehört (fast) ganz dem utopischen Genre. Philip K. Dick, John Christopher, Asimov, Lem, die Brüder Strugatzki, Orwell, Wells, Bradbury, Le Guin, Huxley, Matheson, Adams, Stephenson ... die Liste ihrer Favoriten ist endlos.

Holger Jörg, geboren 1963 in Bruchsal, hat schon früh angefangen zu schreiben, aber erst kürzlich damit, auch zu veröffentlichen. Er ist bekennender Co-Autor der *Neunundneunziger Wortschmiede*, liebt schwarzen Humor und hat ein verstörendes Faible für Western- und Werwolf-Geschichten.
Die von ihm am meisten bewunderten Autoren sind Ambrose Bierce, Giovannino Guareschi und Ernst Penzoldt.

José V. Ramos / Gerd Rödiger

Black Noise

7 dunkle Geschichten

7 Geschichten, die Sie in dunkle Zwischenreiche entführen.
7 Geschichten, in denen die Protagonisten mit radikalen Veränderungen ihrer Lebensumstände konfrontiert werden.
7 Geschichten voller Abgründe.

Als E-Book in allen gängigen Formaten und als Paperback erhältlich!

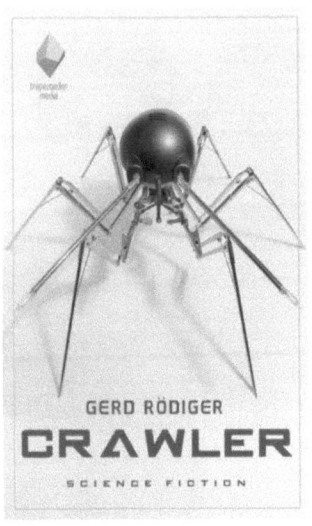

Gerd Rödiger

CRAWLER
Geschichten aus einer anderen Zukunft.

3 Storys aus der Zeitschrift c't, erstmals in einem Band!
+ 4 weitere Storys aus einer möglichen, nahen Zukunft, die manchmal amüsant, oft absurd, und gelegentlich auch recht verstörend ist.

Als E-Book in allen gängigen Formaten und als Paperback erhältlich!

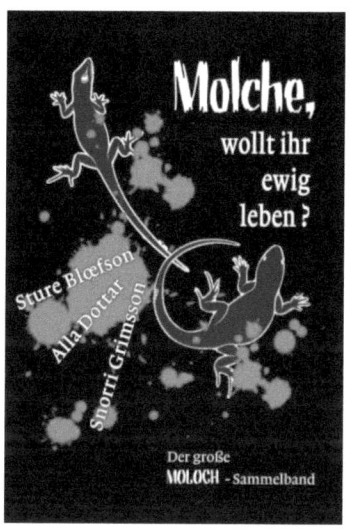

Die Neunundneunziger präsentieren:
Snorri Grimsson, Sture Blœfson, Alla Dottar

Molche, wollt ihr ewig leben?

Der erste große MOLOCH-Sammelband

mit

Die Schlechten ins Kröpfchen!
Keine Gefangenen!
Kreaturen der Nacht!
Top Sekröt!
Wer hat Angst vor'm Kuyper-Wolf?
Der Schläferhund!

Demnächst als E-Book und Paperback erhältlich!

Vorläufiger Cover-Entwurf